JN034823

新装版

必殺闇同心 隠密狩り

黒崎裕一郎

祥伝社文庫

目次

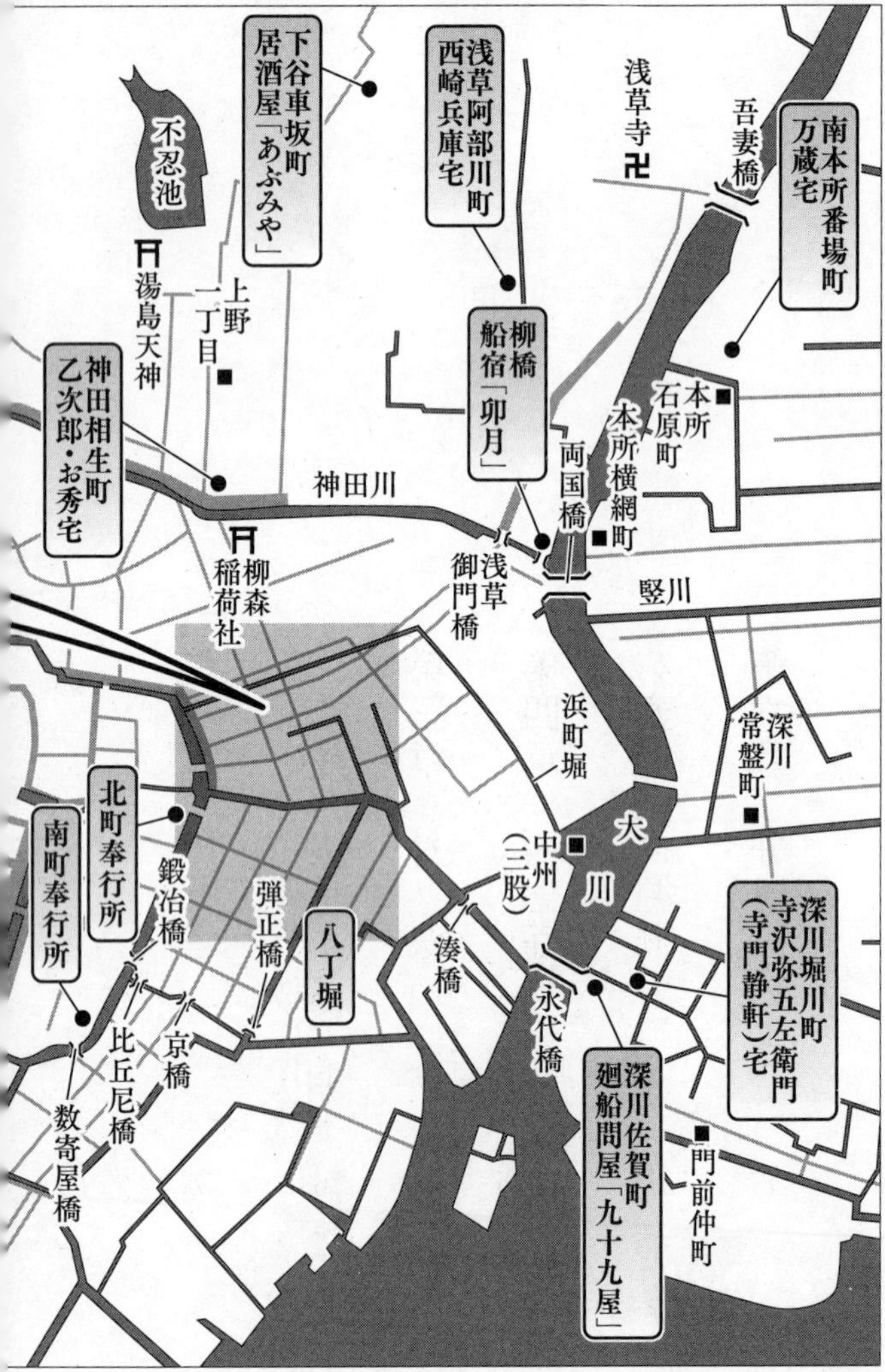

南本所番場町
万蔵宅
吾妻橋
浅草寺
浅草阿部川町
西崎兵庫宅
下谷車坂町
居酒屋「あぶみや」
不忍池
湯島天神
上野
一丁目
神田相生町
乙次郎・お秀宅
柳橋
船宿「卯月」
本所
石原町
本所横網町
両国橋
神田川
柳森
稲荷社
浅草
御門橋
竪川
浜町堀
深川
常盤町
中州
(三股)
大
川
北町奉行所
南町奉行所
鍛冶橋
弾正橋
八丁堀
湊橋
永代橋
深川堀川町
寺沢弥五左衛門
(寺門静軒)宅
深川佐賀町
廻船問屋「九十九屋」
門前仲町
京橋
比丘尼橋
数寄屋橋

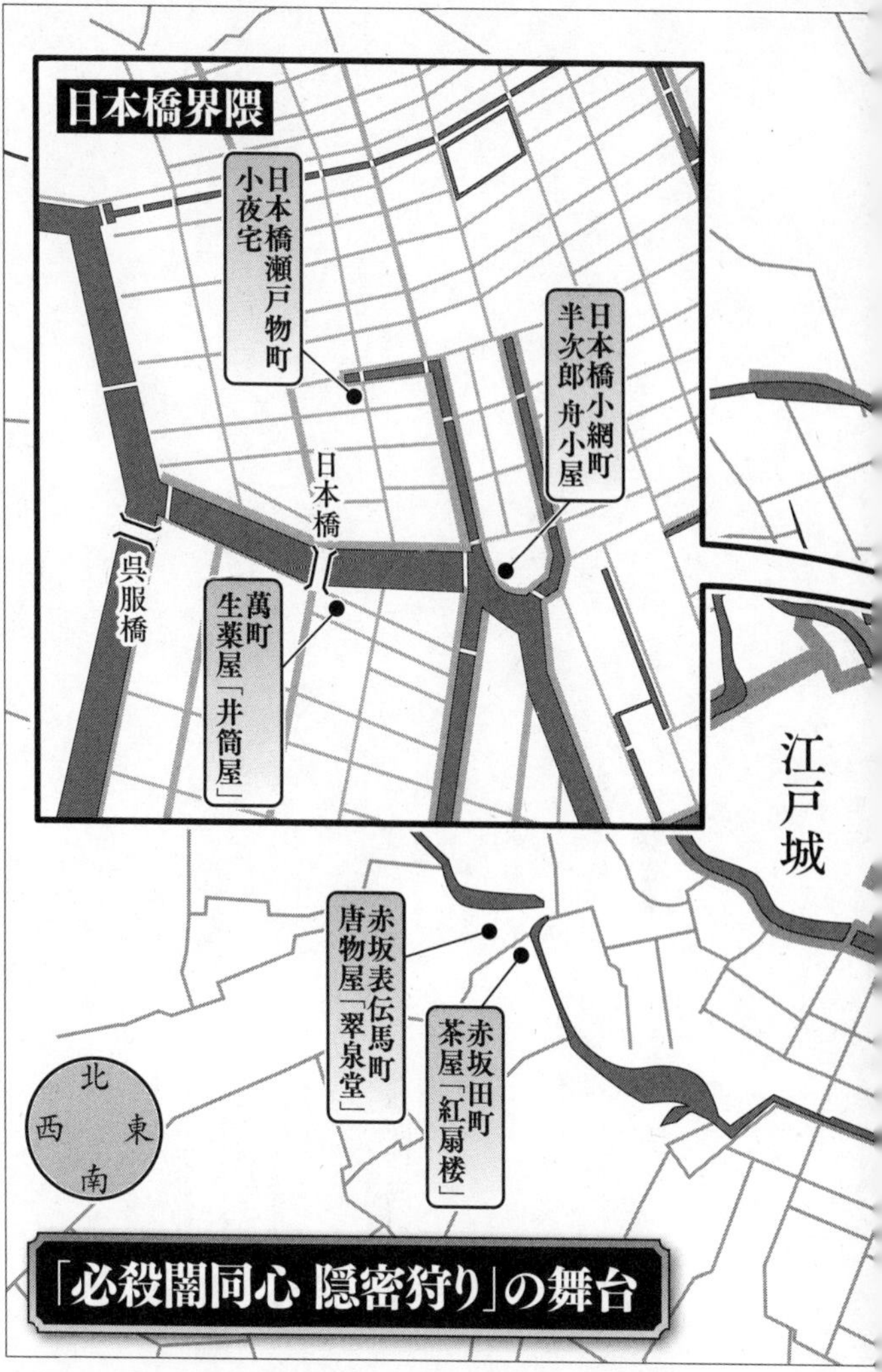
日本橋界隈
日本橋瀬戸物町
小夜宅
日本橋小網町
半次郎 舟小屋
日本橋
呉服橋
萬町
生薬屋「井筒屋」
江戸城
赤坂表伝馬町
唐物屋「翠泉堂」
赤坂田町
茶屋「紅扇楼」
北
西
東
南
「必殺闇同心 隠密狩り」の舞台

地図作成／三潮社

第一章　尾行者

1

年が明けて、天保《てんぽう》十四年（一八四三）癸卯《みずのとう》二月（新暦三月）――。

このところすっかり春めいて、暖かな陽気がつづいたせいか、湯島天神《ゆしまてんじん》の梅の木が例年より四、五日はやく満開の花を咲かせ、連日、観梅《かんばい》の客でにぎわっていた。

境内《けいだい》には葦簾《よしず》張りの茶店や床店《とこみせ》、飲み食いの屋台、楊弓《ようきゅう》場、宮芝居《みやしばい》の掛け小屋などが建ち並び、物売りや客引きがけたたましい声を張り上げている。

どこを見ても人、人、人の大混雑である。

酒に酔って放歌高吟《ほうかこうぎん》する者もいれば、わけもなく高笑いする者、鳴り物を持ち込んで踊り狂う一団などもおり、梅の花を愛《め》でる風情《ふぜい》とはおよそ無縁の喧騒《けんそう》が渦《うず》巻いている。

その喧騒から逃げるように、拝殿《はいでん》の裏に向かって足早に歩いて行く男女の姿があった。

男は黒の巻羽織《まきばおり》に着流し姿の町方同心《まちかたどうしん》・仙波直次郎《せんばなおじろう》。女は妻の菊乃《きくの》である。

「やれやれ、この人混みじゃ梅見どころじゃねえな」

苦々しくつぶやきながら、直次郎はうしろからついてくる菊乃を振り返った。

この日、非番の直次郎は、ひさしぶりに妻の菊乃を連れて湯島切通《きりどお》しの天ぷら屋『梅林《ばいりん》』で昼食をともにした。その帰りに湯島天神の梅の花を見物にきたのである。

「まるでお祭りさわぎですね」

菊乃も苦笑した。心なしか疲れた顔をしている。

「疲れたか」

直次郎が気づかうように訊《き》くと、菊乃はにっこり笑って、「いいえ」とかぶりを振ってみせたが、その笑顔とは裏腹に足取りは重く、息づかいも乱れていた。

菊乃は心《しん》ノ臓《ぞう》に持病をかかえている。病名は「心の癪《しゃく》」、現代でいう心筋梗塞《しんきんこうそく》である。ふだんは薬で発作を抑えているために、めったに外出することはなかったが、このところ体調もよく、食も進むようになったので、

「たまには夫婦水入らずで、外でめしを食おうか」

と、食事にさそったのだが、そのあとの梅見がいけなかった。梅見というより、人を見にきたようなものである。かえって菊乃を疲れさせてしまったのではないか、と直次郎は内心後悔しつつ、

「どこか静かな場所で一休みしよう」

菊乃の手をとって、足早に裏門を出た。

湯島は武蔵野《むさしの》台地の末端に位置している。低地から見ると島のような地形をしており、天神森あたりから湯が湧《わ》き出たところから、「湯島」の地名がついたといわれている。

高台に建つ湯島天神は、上野《うえの》や神田《かんだ》の町並みが一望できる絶景の地で、

〈三文がかすみ見にけり　遠眼鏡《とおめがね》〉

と川柳に詠《よ》まれているように、見料三文で遠眼鏡を貸し出す茶店もあった。

裏門を出ると、右と左に坂道があった。右は下谷《したや》広小路のほうに下りる九間（約十六・三メートル）ほどの急坂で、俗に「男坂《おとこざか》」と呼ばれ、左は板倉越中守《いたくらえつちゅうのかみ》の上屋敷のわきに下りる三十間（約五十四・五メートル）ほどのゆるやかな坂で、「女坂《おんなざか》」と呼ばれている。

直次郎は菊乃の体を気づかって、左の「女坂」に足を向けた。坂を下りて、板倉越中守の屋敷の築地塀《ついじべい》にそって南に向かうと、湯島同朋《どうぼう》町に突きあたる。それを左に曲がったとき、前方から一目散《いちもくさん》に突《つ》っ走《ぱし》ってくる男の姿が直次郎の目に飛び込んできた。

歳《とし》は三十なかば、紺の唐桟留《とうざんどめ》に浅黄《あさぎ》の股引《ももひ》き、やや小肥《こぶと》りの男――岡《おか》っ引《ぴき》の松《まつ》三《ぞう》である。直次郎が声をかける前に、松三のほうが先に気づいて、

「あ、仙波の旦那」

息を荒らげながら足をとめた。

「どうした？　松三」

「この先で立てこもりが――」

菊乃に遠慮してか、松三は語尾をにごらせた。

「立てこもり？」

「へい。近くの番屋に助《すけ》っ人《と》をたのみに行くところで」

「田嶋《たじま》さんはどうした？」

田嶋とは、松三が手札《てふだ》をもらっている南町奉行所の定町廻《じょうまちまわ》り同心・田嶋藤《とう》右衛門《えもん》のことである。

「現場に張りついておりやす」

「そうか」

二人のやりとりを聞いていた菊乃が、直次郎のかたわらにスッと歩み寄り、

「わたし、先に帰ります」

小声でそういうと、松三に一礼して踵《きびす》を返した。

「一人で大丈夫か」

直次郎が心配そうに声をかけた。菊乃はちらりと振り返って笑顔を見せ、足早に去っていった。そのうしろ姿を見送りながら、松三が申しわけなさそうに頭を下げた。

「なんだか、お邪魔《じゃま》をしちまったようで」

「いや、いいんだ。それより松三、田嶋さん一人では心配だ。助勢《じょせい》がくるまでおれがついていてやる。立てこもりの現場まで案内してくれ」

「へい」

松三にとっては、まさに渡りに舟だった。いまでこそ直次郎は南町奉行所の「両御組姓名掛《りょうおくみせいめいがかり》」などという閑職に甘んじているが、かつては奉行所の花形といわれた定町廻りをつとめていた男なのだ。これほど心づよい助っ人はいない。

松三に案内されたのは、湯島同朋町からほど近い上野《うえの》一丁目の路地裏にある小さな一軒家だった。近隣の住人たちが怯《おび》えるような顔で家を遠巻きにしている。満天星《どうだん》の垣根の陰に身をひそめて、じっと家の中の様子をうかがっている初老の同心がいた。定町廻りの田嶋藤右衛門である。直次郎が駆けつけると、

「仙波さん――」

田嶋はびっくりしたような顔で振り返った。

「たまたまこの先で松三に行き合いましてね。心配なので様子を見にきました」

いいながら、直次郎も垣根の陰にかがみ込んだ。

「何者なんですか？　立てこもってる男は」

「二十七、八の破落戸《ごろつき》ふうの男です。四半刻《しはんとき》（約三十分）ほど前に、突然、刃物を持って家の中に押し入り、女を人質《ひとじち》にとって立てこもったんです」

人質は指物師《さしものし》の若女房で、名はお春《はる》。家の中には去年の秋に生まれたばかりの

赤子もいるという。

「で、男の目的《めあて》は何なんですか」

「それが、さっぱりわけがわからんのです。つい先ほど、酒を一升《いっしょう》持ってこいとわめいておりました」

戸惑《とまど》うように田嶋は目をしょぼつかせた。

今年五十の声を聞くこの老同心は、過去にこれといった目ざましい働きもなく、ただ地道にお役目をつとめてきただけの愚直《ぐちょく》な男である。口さがない朋輩《ほうばい》からは〝ででむし〟（かたつむり）などと揶揄《やゆ》されていたが、直次郎はそんな田嶋の実直で温厚な人柄に好感をいだいていた。

「要求は酒だけですか」

「ええ、やつは気が立ってます。いわれたとおりにしないと何を仕出《しで》かすかわかりませんので、すぐ町の者を酒屋に走らせました。おっつけ届くと思いますが――」

おっとりとした口調でそういう田嶋に、横合いから松三が、

「ひとっ走り番所へ行って、捕方《とりかた》を連れてきやしょうか」

と、急《せ》き込むようにいうのへ、

「いや、もうしばらく様子をみたほうがいい」

直次郎が制した。

へたに騒ぎを大きくして男を刺激するのは得策ではない。何よりもまず人質の身の安全を図《はか》るのが第一なのだ。男から次の要求があるまで、ここは待ちの一手しかない。

家の中は妙に静まり返っている。その静けさが逆に不気味な雰囲気《ふんいき》をかもしだしていた。

「静かですな」

「表の気配をうかがっているのかもしれません」

田嶋が声をひそめていった。

と、そのとき突然、家の中から火がついたように赤子の泣き声がひびいた。屋内で何か異変が起こったようだ。三人の顔に緊張が奔《はし》った。

「わたしが見てきます」

立ち上がるなり、直次郎は上体をかがめて垣根ぞいに家の裏手にまわった。

赤子はけたたましく泣きつづけている。

裏窓のわきの羽目板《はめいた》に体を張りつかせ、そっと障子窓《しょうじ》を開けて中をのぞき込んだ瞬間、総身《そうみ》の血が凍りつくほどのおぞましい光景が、直次郎の目に飛び込んできた。

尻をむき出しにした男が全裸の女の上にのしかかり、激しく腰を動かしている。その横で襁褓《むつき》にくるまった赤子がけたたましく泣き叫んでいた。

犯されている女は二十一、二。指物師の若女房のお春であろう。口に猿ぐつわを咬《か》まされ、苦痛に耐えるように白い裸身をくねらせている。かたわらの畳には抜き身の匕首《あいくち》が突き立てられていた。

男は蓬髪《ほうはつ》を振り乱し、けだもののような咆哮《ほうこう》をあげながら女をつらぬいている。

異相《いそう》の男だった。色が浅黒く、頬《ほお》骨が張り、鼻が異様に大きい。窪《くぼ》んだ目の奥には、狂気ともいうべき光がたぎっている。

（こいつは狂ってる）

直次郎は直観的にそう思った。

泣き叫ぶ赤子の前で母親を犯す。まともな人間のなせるわざではなかった。その所業自体がすでに狂気の沙汰《さた》である。そんな男に情理《じょうり》を説《と》いても通用しないだろう。

直次郎はひらりと身をひるがえして、田嶋藤右衛門が待機している満天星の垣根の陰にとって返した。

「どんな様子でした？」

不安そうな顔で田嶋が訊いた。

「人質の女が手込《てご》めにされています」

「何ですって！」

「説得に応じるような男じゃありませんよ。あいつは」

「それじゃ――」

見返した田嶋の顔には、明らかに当惑の色が浮かんでいる。

「隙《すき》を見て、わたしが踏み込みます」

「斬るんですか」

「それしか手はないでしょう」

「しかし」

田嶋は強攻策のリスクを懸念《けねん》している。そんな顔つきである。

「やつは狂ってます。女を殺しかねませんし、このまま手をこまねいていたのでは赤子の命も心配です」

「……」

ためらいながら、田嶋は苦渋の表情でうなずいた。

そこへ、近所の住人らしき中年の男が、手に一升徳利《どつくり》を提《さ》げて走り込んできた。

「旦那、酒を買ってまいりました」

「おう、ご苦労だった」

田嶋が一升徳利を受け取ると、男は背を丸めて逃げるように走り去った。

「その酒は、わたしが届けます」

そういうと、直次郎は巻羽織を脱いで腰の大小をはずし、いきなり頭をぐしゃぐしゃにかきむしりはじめた。小銀杏《こいちょう》に結《ゆ》った髪がぼさぼさに乱れ、たちまち食いつめ浪人のようなむさ苦しい顔つきになった。

「これなら町方と気づかれないでしょう」

直次郎がにっと笑ってみせると、田嶋は足もとにおかれた大小に目をやって、

「無腰で行くんですか」

と心配そうに訊いた。

「いえ、脇差《わきざし》は持っていきます」

いったん腰からはずした脇差を、背中に隠すように垂直《すいちょく》に差して、直次郎はふたたび垣根の陰にしゃがみ込み、家の中の気配に耳をすませた。

赤子の泣き声がやんでいる。

2

しばらくの静寂のあと――。

突然、家の奥から廊下を踏み鳴らす荒々しい足音が聞こえ、ガラリと戸が引き開けられた。着物の前をだらしなくはだけ、右手に匕首を持った男が、戸口に仁《に》王《おう》立ちしている。

「おい、酒はまだか!」

男ががなり声を張りあげた。

「はやくしねえと、女をぶっ殺すぞ!」

「わかった。すぐそっちに持って行く」

田嶋から一升徳利を受け取ると、直次郎は垣根ぞいに玄関に歩を進めた。垣根の切れ目から戸口に歩み寄ろうとしたとき、ふいに男が「待て」と制して、

「なんだ、てめえは？」

剣呑《けんのん》な目でぎろりと誰何《すいか》した。

「見たとおりの素浪人《すろうにん》だ。名は仙田直三郎《せんだなおざぶろう》。この近くの長屋に住んでいる」

直次郎はゆったりと両手を広げてみせた。ぼさぼさの髪に無羽織の着流し姿――どう見ても町方とは思えない風体《ふうてい》である。

男は用心深く直次郎の全身をねめまわした。正面を向いているので、背中に差した脇差は視界に入らない。男の目には無腰と映《うつ》ったはずだ。

男の顔から警戒の色が消えた。

「よし、徳利を地べたにおいて、さっさと消え失《う》せろ」

いわれるまま、直次郎は一升徳利を足もとにおいて、そのままゆっくり後ずさった。

二間（約三・六メートル）ほど後退したところで、男がつかつかと歩み寄り、地面におかれた一升徳利をつかみ取った。

刹那《せつな》――。

直次郎が地を蹴《け》って高々と跳躍《ちょうやく》した。跳びながら背中の脇差を抜き放ち、着地と同時に男の首すじを横一文字に薙《な》いでいた。おびただしい血潮《ちしお》をまき散らして、男はその場に頽《くずお》れた。文字どおり電光石火、必殺の心抜流居合斬《しんぬきいあいぎ》りである。

地面に落ちた一升徳利が粉々《こなごな》に砕け散り、あたり一面に酒の臭いと血臭が入り混じった異臭が立ち込めた。男は顔面を血に染めて仰向けに倒れている。ほとんど即死だった。

「仙波さん」

田嶋と松三が駆け寄ってきた。直次郎は脇差の血ぶりをして背中の鞘《さや》におさめ、

「こいつの始末をたのみます」

いいおいて、家の中に飛び込んだ。

奥の部屋のすみで、お春が虚脱《きょだつ》したような顔で身づくろいしている。そのかたわらで襁褓にくるまった赤子が、何事もなかったようにすやすやと眠っている。

飛び込んできた直次郎を見て、お春が怯えるように後ずさった。

「案ずるな。おれは町方だ。怪我《けが》はないか」

「は、はい」

お春は恥ずかしそうに顔をそむけて、手早く着物の前を合わせた。

「あの男に心当たりは？」

「いいえ、見たこともない男です」

「いきなり押し込んできたのか」

「ええ、部屋に入ってくるなり、突然、この子に匕首を突きつけて、わけのわからないことをわめき出したんです。さわぎを聞きつけて近所の人が集まってくると――」

お春は急に体をふるわせて声を落とした。

「今度は、その人たちに酒を持ってこいと怒鳴《どな》り散らしていました。わたしは赤ちゃんのことが心配で、心配で――、そのあとのことはよく憶《おぼ》えていないんです」

つい寸刻前の、あの忌《い》まわしい出来事を「憶えていない」はずないのだが、お春の気持ちをおもんぱかって、直次郎はそれ以上深く追及しなかった。

「酔っていたのか、あの男は」

「わかりません。お酒の臭いはしませんでした」

男が素面《しらふ》だったとすると、ますますこの事件は謎めいてくる。

「いずれにしても、無事でよかった。悪い夢でも見たと思って忘れることったな」

慰撫《いぶ》するようにそういって、直次郎は背を返した。

表に出ると、すでに男の死骸《しがい》は片づけられており、家を遠巻きにしていた野次《やじ》馬《うま》の姿も潮が引くように消えていた。

「人質は無事でしたか」

田嶋が駆け寄ってきた。

「ええ、女も赤子も無事でした」

「それはよかった」

安堵《あんど》の吐息をつきながら、田嶋はぺこりと頭を下げて、

「お手をわずらわせて申しわけございません。これをどうぞ」

直次郎が垣根の陰においてきた巻羽織と大刀を差し出した。それを受け取って手早く身につけると、直次郎はぼさぼさに乱れた髪を手で撫《な》でつけながら、

「この事件《やま》は、田嶋さんの手柄《てがら》ということにしてもらえませんかね」

なぜか気まずそうな顔でそういった。

「わたしの手柄？」

「役所の者が見ていたわけじゃありませんし、松三と口裏さえ合わせておけば、疑う者はいないでしょう」

「そりゃまァ、そうですが——」

「わたし自身のためにも、ぜひ」

直次郎は事務方の同心である。定町廻りの田嶋を差しおいて、事務方の直次郎が捕り物に介入するのは明らかに越権《えっけん》行為であり、手柄どころか、服務違反の咎《とが》めさえ受けかねないのだ。そのへんの事情は田嶋もよくわかっている。

「わかりました。役所にはそのように報告しておきます」

「ありがとうございます。じゃ、わたしはここで」

一礼して、直次郎は踵を返した。

仙波直次郎がつとめる「両御組姓名掛」という役職は、南北両町奉行所の与《よ》力《りき》・同心の昇進、配転、退隠《たいいん》、賞罰、死亡などを姓名帳に加除《かじょ》記入する職員録の係で、用部屋は南町奉行所の北側のいちばん奥まったところにあった。

六畳ほどの薄暗い板敷の部屋である。

直次郎はその用部屋で、朝五ツ（午前八時）から暮七ツ（午後四時）までの四刻（八時間）を、帳簿の管理や書類の整理をしながら、たった一人で過ごすのである。

退屈といえば退屈だが、口うるさい上役《うわやく》も、世話の焼ける部下もいないので、気楽といえば、これほど気楽な役職はなかった。

もともと直次郎は敏腕の定町廻り同心だったが、一昨年（天保十二年）の暮れ、南町奉行の座に目付《めつけ》上がりの鳥居耀蔵《とりいようぞう》がついたとたん、「両御組姓名掛」という閑職に左遷されてしまったのである。

左遷の理由は、直次郎にもわからなかった。一部には、前任の矢部駿河守《やべするがのかみ》と鳥居耀蔵との政争のトバッチリを受けたのではないか、といううわさも流れたが、直次郎自身、とくに矢部駿河守に目をかけられたという覚えはなかった。仮にそれが事実だとすれば、鳥居耀蔵の邪推としかいいようがない。

文机《ふづくえ》の上に広げた姓名帳から目を離して、直次郎はぼんやり障子窓を見た。

うららかな春の陽差《ひざ》しが障子を白く照らしている。

どこかで鶯《うぐいす》が鳴いている。

時のうつろいは早いもので、「両御組姓名掛」にお役替えになって、すでに一年二カ月余がたっていた。

お役替え当初は、この理不尽な処遇に不満もいだいていたし、新奉行の鳥居耀蔵に抜きがたい不信感も持っていたが、いまではすっかり諦《あきら》めの境地になっていた。

考えようによっては、仕事らしい仕事もせずに、毎日決められた時刻に出仕して、決められた時刻に退勤するだけで、三十俵二人扶持《ぶち》の俸禄《ほうろく》が保証されるのだから、

（こんな気楽な勤めはない）

のである。〝裏稼業〟に精を出せるのも、この閑職のおかげなのだ。

「仙波さん、仙波さん」

ふいに遣戸《やりど》越しに嗄《か》れた声がした。はじけるように立ち上がって遣戸を引き開けると、廊下に小柄な初老の同心が立っていた。隣室の例繰方《れいくりかた》同心・米山《よねやま》兵《ひよう》右衛《え》である。

「お仕事中ですか」

「いえ、別に」

「よろしかったら、わたしの部屋で一服つけませんか」

「はァ。では遠慮なく」

米山兵右衛は大の茶好きで、自分の用部屋に素焼《すや》きの手焙《てあぶ》りをおいて湯をわかし、朝の四ツ（午前十時）と昼の八ツ（午後二時）には、かならず直次郎を茶にさそってくれる。それが日課になっていた。

例繰方の用部屋は、十畳ほどの板敷の部屋で、三方の板壁には書棚がしつらえてあり、分厚い綴《つづ》りや帳簿がぎっしり詰め込まれている。

そのほとんどは罪囚の犯罪の状況や、断罪の擬律《ぎりつ》などが記録された御仕置裁許《おしおきさいきょ》帳《ちょう》（刑事訴訟の判例集）で、それらの書類や帳簿を作成し保管する役目を例繰方といった。

定員は一名。兵右衛が一人でこの職務を所管している。

「どうぞ」

と淹《い》れたての茶を差し出しながら、

「めずらしいこともあるものですね」

兵右衛がつぶやくようにいって、文机の上に広げたままになっている当座帳に目をやった。当座帳とは、廻《まわ》り方同心《どうしん》が日々の行動を子細《しさい》に記録して上司に提出する、俗にいう捕物帳《とりものちょう》のことである。

「何がですか？」

茶をすすりながら、直次郎が訊き返した。

「定町廻りの田嶋さんが、三日前に大手柄を立てたそうです」

「ほう」

直次郎はとぼけて見せたが、もちろん、その一件は知っている。

「刃物を持って町家に立てこもった男を斬り捨てたそうですよ」

「あの田嶋さんがですか」

「意外といっては失礼かもしれませんが、正直、わたしもおどろきました。いままで目立った働きのなかった人ですからね。これで田嶋さんの株もあがるでしょう。〝ででむし〟の汚名は返上です」

「まさにご同慶《どうけい》のいたりですな」

「ですが――」

兵右衛は、ふと眉《まゆ》をひそめて、文机の上の当座帳を手にとった。

「これで一件落着。めでたし、めでたしというわけにはいかんのです」

「と申しますと？」

「立てこもり男は阿片《あへん》の常習者だったそうですよ」

「阿片！」

直次郎は思わず息を呑《の》んだ。

当座帳の記録によると、男の名は甚八《じんぱち》、二十七歳。三カ月ほど前まで深川《ふかがわ》の木《き》場《ば》で人足《にんそく》をしていたという。

立てこもり事件の翌日、田嶋は甚八の素性《すじょう》を突きとめて、本所横網《ほんじょよこあみ》町の甚八の長屋に踏み込み、押し入れの中から桐油紙《とうゆがみ》につつんだ阿片の粉末と吸引用の特殊な煙管《きせる》を見つけたのである。

（そういうことだったか）

直次郎の疑念はそれで解《と》けた。匕首を振りかざして指物師の家に乱入し、若女房のお春を人質にとって、わけのわからぬことをわめき散らしたあげく、泣き叫ぶ赤子のかたわらでお春を手込めにする。鬼畜の所業ともいうべき行為は、すべて阿片毒のなせるわざだったのだ。

直次郎の直観どおり、やはり甚八は狂っていたのである。

「じつは、このところ似たような事件がいくつかありましてね」

当座帳を繰《く》りながら、兵右衛は過去に起きた奇妙な事件を三件ほど列挙した。

一月十八日。夜五ツ（午後八時）。

全裸の男が意味不明の言葉を発しながら、幼子《おさなご》を永代《えいたい》橋から投げ落とし、みずからも大川《おおかわ》に飛び込む。男は渡り中間《ちゅうげん》の定吉《さだきち》。三十二歳。半刻（一時間）後、定吉は水死体で発見された。

一月二十九日。昼八ツ半（午後三時）。

上野山下《やました》で出刃《でば》包丁を持った男が、いきなり通行人に切りかかり、二人を殺傷。その場で東叡山《とうえいざん》の山役人《やまやくにん》に斬殺された。男は板前の卯之助《うのすけ》。二十五歳。

二月六日。暮七ツ（午後四時）。

神田鍋《なべ》町の油問屋『小松屋《こまつ》』に、突然男が押し入り、灯油樽《とうゆだる》を蹴倒して火を放つ。男は博奕《ばくち》打ちの銀次《ぎんじ》。三十一歳。火はすぐに消し止められたが、銀次は焼死。

――以上の三件である。

この三つの事件に共通しているのは、いずれも突発的に起きた事件であり、加害者と被害者とのあいだに因果関係がなく、明確な犯行動機が見当たらないことであった。

その意味では、甚八の立てこもり事件と酷似している。ひょっとしたら、その三件も阿片中毒による狂乱のすえの凶行ではないか、と兵右衛は推断《すいだん》したのである。

「もし、わたしの推量が正しいとすれば――」

ぱたんと当座帳を閉じて、兵右衛は険《けわ》しい顔でいった。

「それだけ市中に阿片が出まわっていることになります」

「なるほど」

直次郎も厳しい顔でうなずいた。問題は、事件そのものより阿片の出所《でどころ》である。それを根絶《ねだ》やしにしないかぎり、この種の犯罪はあとを絶たないであろう。田嶋の報告書にも、阿片の取り締まりを強化すべきとの記述があったそうだが、上役たちはまったく関心を示さなかったと、兵右衛は嘆《なげ》くような口調でいった。

「ま、南町のやる気のなさは、いまにはじまったことではありませんからな」

皮肉な笑《え》みを浮かべて、直次郎はそういった。

老中首座・水野越前守忠邦《みずのえちぜんのかみただくに》の推戴《すいたい》で、目付上がりの鳥居耀蔵が南町奉行の座についてから、廻り方の与力・同心たちは犯罪捜査そっちのけで、水野が推《お》し進める改革政治、いわゆる「天保の改革」の禁令違反者たちの検挙に奔走《ほんそう》していた。

それが江戸市中で凶悪犯罪が激増した第一の原因だと直次郎は思っている。

「このまま手をこまねいていたら、きっとまた同じような事件が起きるでしょう」

金壺眼《かなつぼまなこ》をしょぼつかせながら、兵右衛は暗然といった。

3

その四日後、兵右衛の懸念が現実となった。

つい先日、直次郎が妻の菊乃を連れて梅見に行った湯島天神の境内で、突然、人足ふうの男が匕首を振りまわし、相手かまわず切りつけるという事件が起きたのである。

目撃者の話によると、その男は、

「まるで物《もの》の怪《け》に取りつかれたように——」

わけのわからないことを口走りながら、手当たりしだいに切りかかったという。

この事件で二人が首や腹を刺されて死亡、五人が重軽傷を負った。

男はその場に居合わせた武士に斬り伏せられたという。

「そいつの素性はわかったのか?」

猪口《ちょこ》を口に運びながら、直次郎が訊いた。向かい合って酒を呑んでいるのは、頭髪が薄く、狒々《ひひ》のように額《ひたい》の突き出た四十がらみの男——闇稼業仲間の万蔵《まんぞう》である。

　この日、定刻どおりに奉行所を退出して家路についた直次郎は、比丘尼《びくに》橋の手前で偶然仕事帰りの万蔵と行き合い、めずらしく万蔵のほうから酒にさそわれて、丸太新道《まるたしんみち》の『きさらぎ』というこの小料理屋に腰を落ちつけたのである。

「名は粂蔵《くめぞう》。定火消《じょうびけ》しのガエンだそうです」

　万蔵が応えた。

　定火消しとは、幕府直轄《ちょっかつ》の消防組織のことをいい、そこに所属する火消し人足をガエンといった。正しくは「臥煙」と書く。

「そいつは、おめえの知り合いか？」

　いいえ、と万蔵は首を振った。

「あっしの商売仲間に文七《ぶんしち》って遊び人がおりやしてね」

　万蔵の表向きの商売は古着屋である。店であつかう古着のほとんどは、芝神明《しばしんめい》の日蔭《ひかげ》町で五日に一度開かれる古着市で仕入れている。市といっても、業者同士が古着を持ち寄って競《せ》りにかける青空市で、

〈売り物も　うしろの暗き　日蔭町〉

　と、川柳に詠《よ》まれているように、出所のあやしげな衣類や贓品《ぞうひん》（盗品）などが

堂々と売買され、仲間内《うち》では「泥棒市《どろぼういち》」とも呼ばれていた。

そうしたうしろ暗い品物を専門にあつかっている古着商の一人が、文七である。

「条蔵は、文七の博奕仲間だったんです」

「ほう」

「もともとは、おだやかな性格の男だったそうですが、阿片を喫《や》るようになってから、まるで人変わりしたように気性が激しくなったと、文七はいっておりやした」

「やっぱりな」

直次郎が険しい顔でつぶやくと、

「やっぱり？」

万蔵がけげんそうに訊き返した。

「いや、なに、ついこの間も上野で同じような事件が起きたんだ。阿片毒に狂った男が指物師の家に立てこもって、若女房を手込めにしやがったのよ」

「へえ、それで？」

「たまたま、その近くを歩いていたら、松三って岡っ引から事件を知らされてな。すぐ現場に飛んで行って──」

「斬ったんですかい？　そいつを」

「ああ、万《ばん》やむなしだ。斬らなきゃ人質の女と赤子が殺されていたかもしれねえ」

「旦那らしいや」

万蔵は黄色い歯を見せてニッと笑った。

「らしいとは、どういう意味だ？」

「どんなに悪《わる》ぶってても、旦那は人の難儀を見たら黙っちゃいられねえ。根っからそういうお人なんですよ」

「ちっ、妙なおだて方をしやがって──」

苦々しく酒を呑みほしながら、

「それより、万蔵」

直次郎はふと膝《ひざ》を乗り出した。

「粂蔵って野郎は、どんな手づるで阿片を手に入れていたんだ？」

「さァ、そこまではあっしも」

「知らねえか」

「知りやせんね」

「いっぺん調べてもらえねえか」

万蔵は呑みかけの猪口をことりと膳《ぜん》の上において、探るような目で直次郎を見た。

「そいつは、旦那の〝表〟の仕事ですかい？　それとも——」

「表裏は関わりねえ。おれの個人的な頼みだ」

「それを知ってどうするつもりで？」

「阿片の密売元を叩《たた》く。このまま野放しにしておいたら、江戸中に阿片が広がっちまうからな」

「けど旦那」

万蔵はふたたび猪口を手に取っていった。

「そいつは公儀《おかみ》がやる仕事じゃねえんですかい」

「公儀も奉行所も当てにならねえから、おれがやるのさ。おれ一人で手に負えねえときは〝裏〟にまわしてもいい。とにかく阿片の密売元を突きとめるのが先決だ。もちろん手間賃は払う」

直次郎はふところから小粒（一分金）を取り出して、万蔵の膝元においた。

「わかりやした。やってみやしょう」

小粒をつかみ取って、万蔵は了解の笑みを浮かべた。


翌日の夕刻——。

万蔵は早々と店を閉めて、下谷の車坂町《くるまざか》に向かった。

ガエンの粂蔵が四、五カ月前から、車坂町の『あぶみや』という居酒屋に頻繁《ひんぱん》に出入りしていたという情報を、古着屋仲間の文七から手に入れたからである。

陽が西の端《は》に沈み、灯《ひ》ともしごろになっていた。

車坂町の西側は上野東叡山御構内で、寿昌院《じゆしょう》、現龍院《げんりゆう》、泉龍院《せんりゆう》などの古刹《こさつ》が黒々と甍《いらか》をつらねている。

東側には昔ながらの仏具屋や生薬屋《きぐすり》、道具屋などの古い家並みがつづいている。

居酒屋『あぶみや』は、表通りから一本裏に入った細い路地の一角にあった。

間口一間半（約二・七メートル）ほどの小ぢんまりとした店である。

陽が落ちたばかりだというのに、店の中は雑多な客で混んでいた。人いきれと煙草《たばこ》のけむり、酒の臭い、男たちの体臭がむせかえるように充満している。

万蔵は戸口ちかくに空いた席を見つけて腰を下ろし、下働きの若い男に冷《ひ》や酒を注文した。使用人はその男だけである。板場で立ち働いている五十年配の男が、どうやらこの店のあるじらしい。

運ばれてきた酒を手酌でやりながら、万蔵はさりげなく店内の様子をうかがった。

一見したところ、何の代わり映えもしない、ごくありきたりの居酒屋である。

客の風体もさまざまで、印半纏《しるしばんてん》を着た職人ふうの男、垢《あか》じみた人足ふうの男、どんぶり掛けの行商人ふうの男もいれば、ボロ布《き》れ同然の僧衣《そうい》をまとった願《がん》人坊主《にんぼうず》もいる。

しばらく様子を見ているうちに、万蔵は奇妙なことに気づいた。

酒を呑みおえて席を立った客が、店の奥の暗がりに座っている男のもとに歩み寄り、すばやく何かを手渡し合って足早に店を出て行くのである。

（あいつが阿片の売人か）

直観的に万蔵はそう思った。

男は三十二、三。目つきがするどく、右の頰に五寸（約十五・二センチ）ほどの疵《きず》がある。見るからにやくざ者といった面《つら》がまえをしている。

何食わぬ顔で男の様子をうかがっていると、万蔵のとなりの席で酒を呑んでいた職人ふうの男が、酒代を卓の上において立ち上がり、奥の席の男のもとに歩み寄って何かを受け取って店を出て行った。

(まちがいねえ)

万蔵は確信した。この居酒屋が阿片の密売場所になっていたのである。

半刻(一時間)ほどたったとき、男がやおら腰をあげて、板場に声をかけた。

「おやじ、邪魔したな」

「あ、喜左次《きさじ》さん、もうお帰りですか」

小柄なあるじが、板場から伸びあがるようにして、愛想《あいそ》笑いを浮かべた。

「またくるぜ」

喜左次と呼ばれたその男は、あるじに小粒を手渡し、そそくさと出て行った。

それを見届けると、万蔵は卓の上に酒代をおいて、何食わぬ顔で店を出た。

表はすっかり宵闇《よいやみ》につつまれていた。

東の空に白い月がぼんやり浮かんでいる。

喜左次がゆったりとした足取りで、上野山下のほうに向かって歩いている。その五、六間(約九〜十・九メートル)後方を、家並みの軒下の闇をひろいながら、万蔵が見え隠れにあとをつけて行く。

屏風坂《びょうぶざか》門の前にさしかかったとき、万蔵はふと足をとめて前方に目をやった。高岩寺《こうがんじ》の土塀《どべい》の先の路地から、ふいに人影が現れたのである。

闇に目をこらして見ると、その人影は背中に風呂敷包みを背負《せお》った、中肉中背《ちゅうにくちゅうぜい》の行商人ふうの男だった。男は喜左次と万蔵のあいだに割り込むように歩きはじめた。

（ちっ、とんだ邪魔が入りやがった）

苦い顔で、万蔵はふたたび歩を踏み出した。

東叡山寛永寺《かんえいじ》の東山麓に位置するこの界隈《かいわい》は、大小の寺や幕臣の小屋敷が建ち並ぶ閑静《かんせい》な町で、陽が落ちるとほとんど人の往来はなかった。

道を歩いているのは、喜左次と行商人ふうの男、そして万蔵だけである。

（妙だな）

半丁《ちょう》（約五十メートル）ほど歩いたところで、万蔵は不審《ふしん》げに足をゆるめた。前を行く男の様子がおかしいのだ。まるで喜左次を尾行するかのように、歩度を速めたりゆるめたりしながら、つかず離れず歩いて行く。

万蔵は男に気《け》どられぬように、さらに距離をおいて二人のあとを追った。

一丁（約百九メートル）ほど行くと、正面に慶雲寺《けいうんじ》の山門が見えた。そこで道は三方に分かれていた。右に行くと上野山下の広場、まっすぐ行くと三枚橋《さんまい》、左に行くと下谷辻番屋敷《つじばんやしき》にぶつかる。

喜左次は三叉路を左に曲がった。すると行商人ふうの男も、それを追うように早足で左へ曲がって行った。

ただの偶然とは思えなかった。明らかに男は喜左次を跟《つ》けている。

（何者なんだ、あいつは——）

風呂敷包みを背負った男のうしろ姿に、万蔵はするどい視線を張りつけた。

道はほどなく辻番屋敷にぶつかった。辻番屋敷とは、元禄《げんろく》年間（一六八八～一七〇四）に辻番所の請負地として下賜《かし》された土地のことで、屋敷の名ではない。このあたりには、ほかにも同じ名の町屋が三カ所ある。

辻番屋敷の東どなりに下谷六軒《ろっけん》町という町屋がある。百坪ほどの片側町で、道に面して板葺《いたぶ》きの古い小家が軒をつらねている。喜左次はその一軒に入って行った。

四、五間（約七・二～九メートル）手前の路地角で足をとめて、じっとそれを見ていた行商人ふうの男がふいに踵を返して、もとの道をもどりはじめた。

万蔵はあわてて商家の軒先の天水桶《てんすいおけ》の陰に身を隠した。男は気づかずに、その前を足早に通りすぎて行った。

男が次の路地を曲がるのを見届けると、万蔵はすばやく天水桶の陰から飛び出して、小走りに男のあとを追った。

4

「お帰りなさい」

女の声に迎えられて、男は家の中に入って行った。

そこは、下谷六軒町から歩いて四半刻（約三十分）ほどの、神田相生《あいおい》町の路地奥の小さな一軒家である。

開け放たれた油障子戸の奥に見えたのは、背中の風呂敷包みを上がり框《がまち》に下ろしている三十前後の、おっとりとした顔つきの男と、手燭《てしょく》をかざした二十五、六の女の姿だった。女は十人並みの器量だが、どことなく玄人《くろうと》っぽい面立《おもだ》ちをしている。

物陰から、万蔵が見たのはそれだけだった。すぐに戸が閉められ、油障子に映った二人の影が手燭の明かりとともに奥に消えて行った。

(それにしても、わからねえ)

道を引き返しながら、万蔵は小首をかしげた。どう見ても、男はごくふつうの行商人としか思えなかった。そんな男がなぜ阿片密売人の喜左次を尾行していたのか。尾行して何を探ろうとしていたのか。

その謎を解くために、万蔵は翌日の午後、ふたたび神田相生町に足を向け、男の家の近辺を聞き込みに歩いてみた。

半刻(一時間)あまりの聞き込みでわかったことは、男は乙次郎《おとじろう》という小間物の行商人で、女房のお秀《ひで》と二人暮らしをしている、ということだけだった。昨夜、玄関先でちらりと見た女がそのお秀であろう。

暮らしぶりはさほど豊かではなく、女房のお秀は髪結《かみゆ》いをして生計《たずき》を助けているという。夫婦ともに腰の低い気さくな人柄で、近所の評判は悪くなかった。

乙次郎の将棋《しょうぎ》仲間だと自称する近所の桶屋《おけ》の隠居は、

「あの人は酒も煙草もやらぬ堅物《かたぶつ》でしてね。将棋だけが唯一の趣味なんです。けど、その将棋も決して強いほうじゃありません。へたの横好《よこず》きってやつですよ」

と笑っていった。

酒も煙草もやらぬ堅物が、喜左次のようなやくざ者とどこでどうつながるのか。

乙次郎の身辺を探れば探るほど、逆に謎は深まっていくのである。

聞き込みを切りあげて、万蔵は相生町から佐久間町河岸《さくまがし》に出た。

なんとも釈然《しゃくぜん》とせぬ思いが胸につかえていた。自分の思い過ごしだったかと、もう一度昨夜の乙次郎の行動を頭に想い描いてみたが、どう考えても、

（喜左次のあとを跟けていた）

としか思えないのである。

ひょっとしたら、乙次郎という男は近所の評判とはべつの、もう一つの顔を持っているのではないか。この広い江戸には、表と裏の顔を使い分けている「事情《わけ》あり」の人間がごまんといる。現に万蔵もその一人なのだ。乙次郎が行商人という仮面の下に、もう一つの顔を持っていたとしてもふしぎではない。

そんなことを考えながら、神田川に架《か》かる和泉橋《いずみ》の北詰にさしかかったとき、万蔵はハッと足をとめた。

赤いたすきがけに紺の前掛け、背中に大きな台箱を背負った女髪結いが、気ぜわしげな足取りで和泉橋を渡ってくる。乙次郎の女房のお秀だった。

橋詰に立っている万蔵を気にもとめず、お秀はせかせかと通りすぎて行った。

（そうか）

お秀をやり過ごした瞬間、万蔵の脳裏によぎったのは、〝闇稼業〟仲間の小夜《さよ》の顔だった。小夜も表向きは女髪結いを生業《なりわい》にしている。同じ髪結い仲間なら、お秀のことを知っているかもしれない。

万蔵はそう思って、小夜の住まいがある日本橋瀬戸物町《にほんばしせともの》に足を向けた。

日本橋室町《むろまち》三丁目に、左に折れる小路がある。

俗に「浮世《うきよ》小路」と呼ばれるその小路を東に向かって行くと、伊勢《いせ》堀の堀留《ほりどめ》に突き当たる。その右側（南）が瀬戸物町である。そこまできたとき、

「あら、万蔵さん」

ふいに背後で女の声がした。振り返って見ると、お秀と同じように赤いたすきがけに紺の前掛け、背中に大きな台箱を背負った若い女が立っていた。女髪結いの小夜である。

「よう、お小夜さん。ちょうどいいところで会った。これからおまえさんの家をたずねて行こうと思ってたところだ」

「何か急な用事でも？」

「うん、まァ」

と、いいよどみながら、万蔵はするどい目であたりを見まわし、

「こんなところで立ち話も何だから、ちょいとばかり、お小夜さんの家に寄せてもらえねえかい？」

小声でいった。

「ええ、いいわよ」

屈託《くったく》のない笑みを浮かべて、小夜は先に立って歩き出した。

堀留を右に曲がってすぐのところに、小さな稲荷社《いなりしゃ》があった。社《やしろ》の周囲には町家が密集している。古くは、尾張国《おわりのくに》の瀬戸村から出る陶器《とうき》を売る店が数軒あった。それが瀬戸物町の町名の由来である。

稲荷社のわきの細い路地のとっつきに、小夜の住まいはあった。以前は瀬戸物の行商人が住んでいたという、古い小さな一軒家である。

万蔵を居間に案内すると、小夜は隣室の四畳半で手早く着替えをすませ、台所で茶を淹れて運んできた。

「どうぞ」

「すまねえな」

万蔵は盆の湯呑みを取って、ずずっとすすりあげた。

「で、あたしに用事って？」

小夜が改まった口調で訊いた。

「おまえさん、お秀って女髪結いを知ってるかい」

「お秀さん？　ああ、神田相生町のお秀さんなら、よく知ってますよ。気性のさっぱりした人で、町場のお内儀《かみ》さんたちより色街の女衆に人気があるんです」

「ほう、色街の女にねえ」

お秀をひと目見たとき、どことなく玄人っぽい印象を受けたのはそのせいだろう、と万蔵は思った。

「お秀さんがどうかしたんですか」

「いや、おれが知りてえのは、お秀の亭主のことなんだ」

「ご亭主って、小間物の行商をしている乙次郎さんのこと？」

「ああ、──じつはな」

万蔵は飲みかけの湯呑みを盆にもどし、直次郎から阿片の密売元を探るように頼まれたことや、昨夜の尾行の一件などを巨細《こさい》もれなく説明した。

「へえ。あの乙次郎さんが──」

小夜は意外そうに眉をひそめた。

「ひょっとしたら、乙次郎もその筋の人間かもしれねえぜ」

「その筋って？」

「阿片の売人よ。喜左次って野郎とは商売仇《がたき》かもしれねえ。人は見かけによらねえっていうからな」

「まさか……」

といったまま、小夜は黙ってしまった。

乙次郎には一度だけ会ったことがある。仕事帰りに、お秀と乙次郎が一緒に歩いているところを偶然見かけ、お秀から紹介されたのである。

口数が少なく、温厚で誠実そうな男だった。勝気でやや我のつよいお秀には、案外似合いの亭主かもしれないと思ったことを、小夜はいまでも鮮明に憶えている。

「まさか、あの乙次郎さんが――」

まだ半信半疑の小夜に、

「すまねえが、お小夜さん。いっぺん、お秀って女を飯にでもさそって、それとなく探りを入れてもらえねえかい」

万蔵は手を合わせて懇願するようにいった。

「そりゃかまわないけど」

「仙波の旦那には、おれのほうから事情を話しておく。何なら、手間賃はおれが立て替えてやってもいい」

「ううん」

小夜は小さくかぶりを振った。

「お金のことはともかく、乙次郎さんの白黒がはっきりすれば、あたしも――、いえお秀さんのためにもなりますからね。わかりました。さっそく明日にでもお秀さんに会ってみますよ」

「そうしてもらえれば、おれも助かる。よろしく頼んだぜ」

湯呑みに残った茶をぐびりと飲みほすと、万蔵はゆったりと腰をあげた。


それから半刻後――。

暮色が迫る比丘尼橋のたもとに、人待ち顔で立っている万蔵の姿があった。

帰宅する仙波直次郎を待っているのである。直次郎が定刻どおりに役所を出たとすれば、もう間《ま》もなくやってくるはずだ。

一日の仕事を終えて家路につく職人や、出先から店にもどるお店者《たなもの》、買い物帰りの女たちが、比丘尼橋の上をひっきりなしに行き交《か》っている。

ほどなく橋の南詰に、直次郎が姿を現した。目ざとく万蔵の姿に気づき、直次郎のほうからつかつかと歩み寄ってきた。

「万蔵、何かわかったのか」

「へい」

「歩きながら聞こう」

直次郎は先に立って比丘尼橋を渡りはじめた。万蔵は黙ってそのあとについた。

橋を渡って、人の往来がややまばらになったところで、万蔵がぼそりと口を開いた。

「売人らしき男を見つけやした」

「何者なんだ？」

「上野山下のやくざ者です」

その男の名が喜左次であること、住まいは下谷六軒町にあること、さらには喜左次を尾行していた不審な男がいたことなどを、万蔵は歩きながらかいつまんで

話し、

「そいつは、お小夜さんの髪結い仲間の亭主で、小間物の行商をしている乙次郎って男なんですがね。喜左次との関わりがいまひとつはっきりしねえんで、お小夜さんの手を借りることにしやした。その点ひとつ、ご了解を」

「わかった。小夜の手間賃はおれが払おう。——それより万蔵」

直次郎は足をゆるめて、万蔵を振り返った。

「善は急げだ。さっそく喜左次って野郎の家《やさ》に案内してもらえねえか」

「へい」

とうなずくや、今度は万蔵が先に立って足を速めた。

二人が下谷に着いたころには、すでに陽は落ちていたが、夕闇というほどの暗さではなかった。西の空にはかすかに残照がにじんでいる。

薄明と薄闇とが入り混じる、このあいまいな暗さの中で、いきなり人に出会ったりすると思わずハッとさせられることがある。それが〝誰《た》そ彼〟(黄昏《たそがれ》)とか〝逢魔《おうま》が刻《とき》〟といわれるゆえんである。

下谷六軒町は、裏通りのない片側町である。道に面して、ひしめくように軒をつらねる家並みのあちこちから、夕餉《ゆうげ》の細い炊煙《すいえん》が立ちのぼっている。

「あれです」

万蔵が足をとめて指さしたのは、東西につらなる家並みの、ちょうど真ん中あたりに建っている古ぼけた一軒家だった。

うむ、と小さくうなずくと、直次郎は用心深く戸口に歩み寄り、障子戸越しに家の中の気配をうかがった。屋内はひっそりと静まり返っている。

障子の隙間から中をのぞいて見ると、三和土《たたき》には雪駄《せった》がそろえてあったし、奥の土間の竈《かまど》に火が入っているらしく、薪《たきぎ》のはぜる音も聞こえた。

「どんな様子で？」

万蔵がにじり寄って、小声で訊いた。

「野郎は中にいるようだ。踏み込んでみるか」

声を落としてそういうと、直次郎は刀の柄頭《つかがしら》に手をかけて、一方の手を障子戸にのばした。万蔵も油断なく胸元に手を差し入れ、ふところに隠し持った匕首の柄をにぎった。

がらり。

障子戸を引き開けるなり、直次郎は三和土に踏み込んで、

「喜左次！」

と声をかけた。

「詮議《せんぎ》の筋がある。出てこい！」

「…………」

応答がなかった。部屋の中はしんと静まり返っている。聞こえてくるのは、竈の薪のはぜる音だけである。再度、声をかけてみたが、やはり返事はなかった。

直次郎は土足のまま上がり込み、正面の唐紙《からかみ》を一気に開け放った。

六畳ほどの畳部屋である。表のほのかな明るさに比べると、部屋の中はほとんど闇といっていい暗さだった。その闇の奥に黒い物が横たわっている。

敷居《しきい》ぎわに半腰で立っている直次郎の横に、万蔵が歩み寄った。

「いませんか？」

それには応えず、直次郎は部屋のとぼくちにおいてある煙草盆をそっと引き寄せ、懐紙をこよりにして、煙草盆の火打ち石で火をつけた。

部屋の中にポッと淡い明かりが散った瞬間、直次郎と万蔵は思わず息を呑んだ。

部屋の奥に、血まみれの男が大の字になって倒れている。

男の首は鋭利な刃物で切り裂かれていた。傷口から流れ出したおびただしい血が、畳の上にどす黒い血溜《ちだま》りを作っている。

「やつが喜左次か」

直次郎が横に突っ立っている万蔵に訊いた。

「へい」

「どうやら、先手を打たれたようだな」

暗然とつぶやきながら、直次郎は万蔵をうながして、表に出た。

「先手を打たれたというと、つまり――」

道を歩きながら、万蔵が声をひそめてけげんそうに訊いた。

「下手人《げしゆにん》は、あっしらの動きを知っていたってことですかい？」

「――万蔵」

直次郎が急に歩度をゆるめて、見返した。

「喜左次を跟けていたって男だが、ひょっとすると、そいつは喜左次のあとを跟けるふりをして、逆におめえの動きを探っていたのかもしれねえぜ」

「あっしの動きを！」

万蔵は虚《きよ》を突かれたような顔になった。

「そう考えれば、一味が喜左次の口を封じるために先手を打った、という理屈も成り立つぜ」

返す言葉がなかった。いわれてみれば、たしかに乙次郎の挙動は不審だった。急に歩度をゆるめたり速めたりしたのは、万蔵の目を喜左次からそらすための陽動作戦だったのかもしれない。

――なぜ、そのことに気づかなかったのか。

おのれのうかつさに、万蔵は後悔のほぞを噛《か》んだ。

「こうなったら、小夜が乙次郎の尻尾《しっぽ》をつかんでくるまで待つしかねえな」

「へえ」

万蔵は力なくうなずいた。

5

「あら、お小夜さん」

路地を曲がりかけたところで、女がふと足をとめた。赤いたすきがけに紺の前掛け姿、背中に大きな台箱を背負っている。女髪結いのお秀だった。

前方に同じような恰好《かっこう》をした小夜が立っている。

「お秀さん、おひさしぶり」

小夜が笑みを浮かべながら、近づいてきた。

場所は深川大島町《ふかがわおおしま》の裏路地である。路地の両側に格子窓の家並みがつらなり、どこからともなく三味線の爪弾《つまび》きが流れてくる。お秀は、その路地の奥の置屋《おきや》で、芸者衆の髪を結っての帰りだった。

「偶然ね、こんなところで出会うなんて。仕事、終わったの？」

お秀が笑みを返しながら訊いた。お世辞にも美人とはいえないが、色が抜けるように白く、口もとに妙な色気がある。見ようによっては、男好きのする顔立ちである。

「今日はこれで仕舞《しま》いにしようと思っていたんです。よかったらそのへんでお茶でも飲みませんか」

小夜がさそうと、お秀は二つ返事でついてきた。

お秀は知るよしもないが、この出会いは決して偶然ではなかった。お秀の仕事が終わるのを、小夜が待ち受けていたのである。

網の目のように入り組んだ路地を抜けて、二人は門前仲町《もんぜんなか》の表通りに出た。

立春とは思えぬ暖かな陽気のせいか、江戸有数の歓楽街である門前仲町は、いつにも増しての人出《ひとで》だった。その人波を縫《ぬ》うようにして歩きながら、二人は一ノ《いち》鳥居《とりい》の手前の甘味屋に入った。

「お小夜さんに会ったら、いつか聞こうと思っていたんだけど——」

この店の名物の白玉善哉《ぜんざい》を食べながら、お秀がいたずらっぽく笑って、

「所帯を持つ気はないの？」

と、上目づかいに訊いた。

「いまのところはありませんね。仕事が忙しくて」

「でも、お小夜さんほどの美人なら、まわりがほっておかないでしょう」

「さァ、どうかしら——」

と笑ってごまかしながら、

「お秀さんは、いくつのとき所帯を持ったんですか」

話の矛先《ほこさき》をお秀に向けた。

「二十歳《はたち》のときだから、もうかれこれ五年になるわね」

「乙次郎さんとは、どこで？」

「神田佐久間町の『吉野《よしの》』って小料理屋。——そのころのわたしはまだ新米の髪結いだったから、本業だけじゃ食べられなくて、『吉野』で下働きをしていたん

ですよ」

乙次郎はその店の常連客だったという。「ちょっと変わったお客さんだったわ」と当時を述懐《じゅっかい》するように、お秀は目を細めていった。

「お酒も呑めないくせに毎晩のように店にやってきて、夕飯代わりにお酒の肴《さかな》だけを食べてすぐに帰ってしまうの。ほとんど口もきかずにね」

「ひょっとして、お秀さんが目当てだったとか」

小夜が揶揄するようにいうと、お秀は、

「ううん」

と、かぶりを振って、照れるような笑みを浮かべた。

「むしろ、わたしのほうがあの人に惹《ひ》かれたんですよ。惚《ほ》れた腫《は》れたってわけじゃないけど、無口で寂しげなところが何となく気になってね。それである晩、わたしのほうからあの人に声をかけたの。毎晩外で食事をするのも味気ないだろうから、たまにはわたしが晩ごはんでも作ってあげましょうかって」

「ふふふ、いかにもお秀さんらしいわね。それが乙次郎さんとの馴《な》れ初《そ》めってわけ？」

「まァね。気がついたら、いつの間にか一緒に住んでたわ」

「乙次郎さんは、そのときから小間物の行商をしてたんですか」

「ええ、親の代からの商《あきな》いだって。利の薄い商売でちっとも儲《もう》からないけど、世渡りの不器用な人だから、それしかやることがないんですよ」

「遊び友だちは、いないんですか？」

「たまに近所のご隠居さんと将棋をさしたり、行商仲間と大川に釣りに行ったりしてるけど、何しろ根っからの下戸《げこ》ですからねえ。悪い遊びなんて、したくてもできないんですよ、あの人は」

そういって、お秀はころころと笑った。その開《あ》けっ広《ぴろ》げな笑顔からは、意識的に何かを隠しているという様子は微塵《みじん》も感じられなかった。

その後も小夜は、適当に世間話を織りまぜながら、乙次郎の日ごろの素行や交友関係などについて、さりげなく探りを入れてみたが、お秀の口から乙次郎と阿片密売一味との関連を疑わせるような言葉は、ついに出なかった。

——そんなはずはねえ。

日本橋駿河《するが》町の路地角にたたずみながら、万蔵は腹の底で苦々しくつぶやいた。

二日前に、万蔵は小夜から報告を受けていた。お秀の話を聞くかぎり、乙次郎と阿片密売一味とをむすびつけるものは何もない、万蔵の思いちがいではないかというのである。

「そんなはずはねえ」

と反論しようとしたが、万蔵はその言葉を呑み込んだ。

小夜はお秀から聞いてきた話を、ありのままに伝えただけなのである。それを否定するのは小夜の労を無にすることになる。

――ならば、

自分の目で乙次郎の正体を見きわめてやろうと、万蔵はこの日、ひそかに乙次郎のあとを尾行しはじめたのである。

その乙次郎は、呉服太物問屋《ごふくふともの》『越後屋《えちご》』の裏木戸の前で風呂敷包みを広げ、『越後屋』の女中らしき三人の女を相手に小間物の商いをしていた。

乙次郎が扱う小間物は、おもに紅白粉《おしろい》や櫛《くし》、笄《こうがい》、かんざし、髪油といった品々で、女客の歓心《かんしん》を買うために、荷の底に隠し持った禁制の役者絵などを配って商いをしている。

昼間の明るさの中で見る乙次郎は、先夜、下谷六軒町で見たときの印象とはだいぶちがっていた。思いのほか背は低く、虫も殺さぬような温厚な顔つきをしている。小夜がいうとおり、たしかに阿片密売一味と関わりがあるような男には見えなかった。

「毎度ありがとうございます」

品物を買い求めてあわただしく去って行く女たちに頭を下げながら、乙次郎は地面に広げた風呂敷を包み直して背中にかつぎあげ、ゆっくり歩き出した。それを見て、路地角に身をひそめていた万蔵も、そっと歩を踏み出した。

細い路地を曲がりくねって行くうちに、やがて日本橋の大通りに出た。

さすがは江戸一番の繁華な通りだけあって、芋《いも》を洗うような雑踏である。織りなす人波にまぎれて、万蔵は犬のように目を光らせながら乙次郎の尾行をつづけた。

日本橋南詰の高札場《こうさつば》の前にさしかかったときである。

「おう、万蔵」

ふいに背後で野太い声がした。びっくりして振り返ると、仙波直次郎が立っていた。

「旦那」

「どこへ行くんだ？」

「しっ」

と、制して、五間（約九メートル）ばかり先を行く乙次郎のうしろ姿を指さし、

「あの野郎が乙次郎ですよ」

声をひそめてそういうと、万蔵は直次郎を無視するように歩き出した。直次郎はすかさずそのあとを追い、さりげなく万蔵の横に並んで歩調を合わせながら、

「きのう、小夜に会ったぜ」

と小声で話しかけた。万蔵は乙次郎の背中に視線を向けたまま、黙って歩いている。

「大した収穫はなかったそうだな」

「ですから、あっしが――」

といいかけて、万蔵はハッと棒立ちになった。

日本橋を渡りかけたところで、乙次郎がふと足をとめて、橋を渡ってきた頰かぶりの男に声をかけたのである。男は「古骨買《ふるぼね》い」の行商であろう。背中に古傘の束《たば》を背負っている。橋のたもとに立ってひと言ふた言、短く言葉を交わし合う

と、二人はすぐに別れた。

「やつの行商仲間か」

直次郎がぼそりといった。

「そのようですね。――ところで、旦那はどちらへ？」

「上役から野暮用を頼まれてな。小伝馬《こでんま》町の牢《ろう》屋敷に行くところだ」

「申しわけありやせんが、やつに勘づかれるといけねえんで、あっしは先に行かせてもらいやす」

ぺこんと頭を下げて、万蔵は足早に直次郎のそばから離れて行った。

第二章　剣形六葉《けんがたろくよう》の印籠《いんろう》

1

　仙波直次郎は、八丁堀《はっちょうぼり》のちかくの楓川《かえで》のほとりを歩いていた。

　上役《うわやく》の吟味与力《ぎんみよりき》に頼まれて、三人の禁令違反者の入牢《じゅろう》証文を小伝馬町の牢屋敷に届けての帰りだった。今日の仕事はそれで終わりである。

（まるで子供の使いだな）

　直次郎は苦笑しながら、楓川に架《か》かる新場《しんば》橋を渡り、細川越中守《ほそかわえっちゅうのかみ》の下屋敷の築地塀《ついじべい》ぞいの道を南に向かって歩を進めた。

　時刻は昼の八ツ半（午後三時）を少し回ったころだが、奉行所にもどってもどうせやることは何もないし、居酒屋に立ち寄って酒を呑《の》むにはまだ陽《ひ》も高いので、帰宅することにしたのである。

次の角を左に曲がると八丁堀の同心《どうしん》組屋敷街に出る。

直次郎の組屋敷は八丁堀のほぼ中央部、地蔵《じぞう》橋のちかくにあった。入り堀に面した敷地百坪ほどの屋敷で、周囲は板塀でかこわれている。与力の組屋敷の門構《もんがま》えは旗本《はたもと》ふうの冠木《かぶき》門だが、同心の組屋敷は木戸片開きの質素な門構えである。

門をくぐって、玄関に入った瞬間、直次郎の目がふと一点に注《そそ》がれた。

沓《くつ》脱ぎの上に、見慣れぬ男物の草履《ぞうり》がある。

（来客か――）

けげんに思いながら式台《しきだい》に上がり込み、腰の大小をはずして手に下げると、中廊下を突き進んで居間の襖《ふすま》を引き開けた。

「あら、お帰りなさいまし」

妻の菊乃が振り返った。その前で見知らぬ浪人者が茶を飲んでいる。敷居《しきい》ぎわに棒立ちになっている直次郎に、

「こちら、西崎《にしざき》さまです」

と菊乃がいった。

「お初にお目にかかります」

湯呑みを盆において、浪人者が丁重《ていちょう》に頭を下げた。歳のころは三十二、三。彫《ほ》りが深く眉目《びもく》のきりっとした精悍《せいかん》な面立《おもだ》ちの浪人である。月代《さかやき》は伸ばしているが、ひげをきれいに剃《そ》りあげ、衣服も小ざっぱりとしている。

「西崎兵庫《ひょうご》と申します」

「わたしは仙波――、仙波直次郎と申します」

直次郎はぎこちなく挨拶《あいさつ》を返しながら菊乃のとなりに腰を下ろし、どういうことなのだと問いたげな表情で、ちらりと菊乃を見た。

「じつは――」

菊乃はちょっとためらうような表情を見せた。

「買い物の帰りに、京橋《きょう》のたもとで急に具合《ぐあい》が悪くなりましてね」

「具合が？　また心《しん》の癪《しゃく》が起きたのか」

「いえ」

と菊乃は首を振った。

「急に目眩《めまい》がして道端に倒れ込んでしまったのです」

そこへ西崎が通りかかり、橋のたもとにしゃがみ込んでいる菊乃を抱《かか》え起こして、ちかくの自身番屋に運び込んだのである。もっともその間、菊乃は気を失っていたので、何も憶《おぼ》えていない。気がつくと、番屋の奥の畳の上に寝かされていて、かたわらに西崎が心配そうな顔で座っていた。

菊乃はあわてて起き上がり、けげんそうにあたりを見廻したが、そこが自身番屋の中であることに気づき、ほっと安堵《あんど》の吐息をついた。

「薬が効《き》いたようですね」

西崎が笑みを浮かべていった。

「お薬？」

「気つけ薬です」

西崎はふところから塗りの剝《は》げた印籠《いんろう》を取り出して見せた。いつも持ち歩いているその印籠の中に、たまたま気つけ薬があったという。そのときはじめて、菊乃は西崎に助けられたことを知ったのである。

菊乃の話を聞きながら、直次郎はちらりと西崎の腰のあたりに目をやった。帯に塗りの剝げた印籠がぶら下がっている。その印籠には「剣形六葉《けんがたろくよう》」の金紋がかすれて見えた。

「ご面倒をおかけした上に、ご親切に家にまで送っていただいて――、ほんとうにありがとうございました」

あらためて菊乃が西崎に礼をいうと、それを引き取って直次郎が、

「そういうことでしたか。いや、それはかたじけのうございます。家内《かない》に代わって、わたしのほうからも御礼《おんれい》を――」

両手をついて深々と頭を下げた。西崎は恐縮するように手を振って、

「いやいや、礼をいわれるほどのことではございません。とにかく、お元気になられて何よりでした。所用があるので、わたしはこれで失礼します。どうぞお大事に」

一礼して腰をあげた。直次郎もすかさず立ちあがり、西崎を玄関に送りながら、

「夕飯でもご一緒に、と申しあげたいところですが、お急ぎのようですから無理にはお引きとめいたしません」

菊乃が手ばやく沓脱ぎの上の履物《はきもの》をそろえる。

「お近くにおいでのさいは、ぜひお立ち寄りくださいまし」

「ありがとうございます。では、ごめん」

西崎は足早に玄関を出ていった。それを見送って直次郎と菊乃は居間にもどっ

た。

「人情紙《かみ》のごとき薄いこのご時世に、奇特な男もいるもんだな」

「ほんとうに。あのような立派なお方が浪人暮らしをなさっているなんて、ふしぎなくらいですわ」

茶盆を片づけながら、菊乃がいった。

「住まいは聞かなかったのか」

「お聞きしました。浅草阿部川町《あさくさあべかわ》の飛脚問屋《ひきやく》『泉州屋《せんしゆう》』方の借家住まいをなさっているそうですよ」

「浅草か。日をあらためて、おれが礼に行ってくる」

「――ごめんなさいね」

菊乃がふっと目を伏せて、申しわけなさそうにいった。

「ご心配をおかけしてしまって」

「謝ることはないさ。それより具合はどうなんだ？」

「もうすっかり――」

菊乃は微笑《わら》ってみせた。白い頬《ほお》にうっすらと血の気がさしている。見たところ大事はなさそうだった。

「ひさしぶりに歩いたので、疲れが出たのでしょう」

「体に障《さわ》るから、とうぶん遠出は差し控えたほうがいい。買い物はちかくで済ませるんだな」

「ええ、これからはそうしますわ」

素直にうなずいて、菊乃は茶盆を持って台所へ去っていった。

それから半刻《はんとき》後の七ツ半（午後五時）ごろ――。

西崎兵庫は、浅草元鳥越《もととりごえ》の盛り場の雑踏を歩いていた。

道の両側には、小料理屋や居酒屋、煮売《にう》り屋、一膳《いちぜん》めし屋などが立ち並び、軒行灯《のきあんどん》や提灯《ちょうちん》にちらほらと灯《ひ》がともりはじめていた。その灯《あか》りにさそわれるように、あちこちの路地から、男たちが陸続《りくぞく》と流れ込んでくる。

一丁ほど行くと、左に鉤《かぎ》の手に折れる道があり、角に『滝乃家《たきのや》』と染め抜いた暖簾《のれん》を下げた小料理屋があった。西崎はその暖簾を分けて店に入って行った。

戸口ちかくの席で、蔵宿《くらやど》の奉公人らしき男が三人、酒を酌み交《か》わしていた。奥の小座敷にも二人の男がいた。客はその二組だけである。

「いらっしゃいませ」

と愛想笑《あいそわら》いを浮かべて出迎えた小女《こおんな》を無視して、西崎は奥の小座敷に向かった。

「おう、西崎。待っていたぞ」

衝立《ついたて》の陰から顔を突き出したのは、西崎より二、三歳年長の、角張《かくば》った顔の浪人者だった。その奥に端整《たんせい》な面立ちの若い浪人者が座っている。

軽く二人に会釈《えしやく》して、西崎が小座敷にあがると、若い浪人がすぐに、

「どうぞ」

と猪口《ちよこ》に酒をついだ。名は高杉平馬《たかすぎへいま》。もう一人は室田庄九郎《むろたしようくろう》という。いずれも奥州棚倉藩《おうしゆうたなぐら》の脱藩《だつぱん》浪人である。

「どんな様子だ」

猪口の酒をなめるように呑みながら、室田が訊《き》いた。

「やはり国元《くにもと》の風聞《ふうぶん》どおりでしたよ。菱川《ひしかわ》の日ごろの乱行《らんぎよう》は上屋敷の奥向きに出入りしている御用聞きの間でもうわさになっています」

「乱行というと――、たとえば？」

「麻布竜土町《あざぶりゆうどちよう》の中屋敷に、出入りの商人や色街の女を呼び集めて、連夜のごとく酒池肉林《しゆちにくりん》の宴《うたげ》をもよおしているそうです」

「酒池肉林か──」

　室田が苦笑を浮かべた。

「五十の坂を越えたというのに、菱川監物《けんもつ》も盛んな男よのう」

「怒りを超えて、呆《あき》れるばかりです」

　苦々しくそういって、西崎は猪口の酒をカッと呑みほした。

　菱川監物は、奥州棚倉藩・松平《まつだいら》六万石の江戸家老《がろう》である。一年半ほど前に、前職の酒井内膳正《さかいないぜんのしょう》が病没し、その後任として江戸留守居役《るすいやく》から異例の抜擢《ばってき》を受け、家中《かちゅう》一の出頭人《しゅっとうにん》（出世人）といわれた男だったが、就任から一年もたたぬうちに、

「菱川は江戸藩邸の公金を私《わたくし》している」

「政務もかえりみず、酒色遊興《しゅしょくゆうきょう》に耽《ふけ》っている」

「出入りの商人と癒着《ゆちゃく》し、貨殖《かしょく》（蓄財）をもっぱらにしている」

　などといった風評が、国元でささやかれるようになった。

　そうした黒いうわさにまみれながらも、菱川監物がのうのうと江戸家老の座に居座りつづけているのは、一つには藩主・松平周防守康爵《すおうのかみやすたか》の寵任《ちょうにん》を一身にうる菱川に、あえて諫言《かんげん》する者がいなかったことと、菱川が藩邸の枢要《すうよう》な役職を自分

の息のかかった者たちでがっちり固めていたためである。

国元の重臣たちも、菱川の権勢を恐れて見て見ぬふりを決め込んでいた。そんな中、

「このまま菱川の専横《せんおう》を許しておけば、松平家の存亡に関わる」

と、ただひとり菱川に立ち向かっていった人物がいた。

松平家の股肱《ここう》の臣で、国元の筆頭家老をつとめる本多清左衛門《ほんだせいざえもん》である。

事態を憂慮《ゆうりよ》した本多は、麾下《きか》の目付二名をひそかに江戸表《えどおもて》に差し向け、菱川の行状《ぎょうじょう》や不正の実態を探らせようとした。だが、江戸に着いて間《ま》もなく、その二名はぷっつりと消息を絶ってしまい、三カ月たった現在も安否すらわからなかった。

——菱川の手の者に抹殺《まっさつ》されたにちがいない。

という声とともに、本多清左衛門の側近からは、藩主に上訴《じょうそ》すべきだとの強硬論も出たが、本多はあくまでも慎重だった。

これ以上、事を荒立てれば内紛に発展する恐れがあるからである。

大名家の内紛、すなわち〝お家《いえ》騒動〟は、幕府にまたとない改易《かいえき》の口実を与えることになる。二百五十有余年にわたる徳川《とくがわ》政権下で、世継ぎ問題や権力抗争に

よる〝お家騒動〟のために、取りつぶしになった大名家は枚挙にいとまがない。

ましてや幕府の財政が逼迫《ひっぱく》の一途をたどるこの時代、老中首座・水野越前守は「上知令《あげちれい》」の強権策を上程し、大名旗本の知行地《ちぎょうち》の一部を収公《しゅうこう》しようと、虎視《こし》眈々《たんたん》とその機をうかがっている。そんな最中《さなか》、松平家の内紛（お家騒動）が表沙汰《おもてざた》になれば、待ってましたとばかりに幕府が牙《きば》を剥《む》くにちがいない。

本多清左衛門が、何よりも恐れているのはそのことだった。

菱川の問題はあくまでも内政問題として、幕府に悟《さと》られぬように極秘裡《り》に処理しなければならないのだ。

そのための秘策をめぐらした本多は、一月も終わろうとしたある日の夕刻、自邸に三人の藩士を呼び寄せた。

書院番頭《しょいんばんがしら》・室田庄九郎。

書院番・西崎兵庫。

同役・高杉平馬。

書院番は藩主の親衛隊ともいうべき精鋭の藩士で、わけてもこの三人は本多清左衛門がもっとも信頼する俊英《しゅんえい》だった。

その三人に、本多はこう宣告した。

「本日この場をもって、おぬしら三名は奉公御構《ほうこうおかま》いとなった」

奉公御構いとは、罷免《ひめん》のことである。

「よって今後おぬしらの身に何が起ころうと、わが藩はいっさい関知せぬ。よいな、そのことしかと肝《きも》に銘《めい》じておくのだぞ」

そう前おきした上で、本多は三人に密命を下《くだ》した。目的は菱川監物にまつわる黒いうわさの真偽《しんぎ》を確かめ、動かぬ証拠をつかむことである。菱川の不正や不《ふ》行跡《ぎょうせき》を裏づける確かな証拠が手に入れば、藩主を説得して菱川を失脚に追い込むことができる、と本多は考えたのである。

万一、探索《たんさく》の過程で菱川一派と事をかまえるようなことがあっても、三人が藩籍を離れていれば、幕府から藩の責任を咎《とが》められる恐れはない。三人の罷免はそのための偽装にほかならなかった。

翌早朝、室田庄九郎、西崎兵庫、高杉平馬の三人は、それぞれの組屋敷に家族を残したまま、みずから脱藩者という汚名を身にまとい、春まだ浅き棚倉領内からひっそりと姿を消したのである。

2

「ところで、兵庫」

室田庄九郎が険《けわ》しい目を西崎兵庫に向けた。

「菱川の身辺に公儀の探索の手が迫ったようだぞ」

「公儀の手が！　――まことですか、それは」

瞠目《どうもく》する西崎に、高杉平馬がいった。

「わたしが調べたところでは、少なくとも二人の密偵が動いています」

「二人？」

「まずは、その二人の動きを封じなければならぬ」

室田が苦い声でいう。菱川監物の悪行をあばくために三人は脱藩者を装って江戸へ出てきたのである。幕府に先を越されてはすべてが無と帰するのだ。

「で、その二人の素性はわかったのか」

西崎が高杉に訊いた。

「一人はわかっております」

「そうか」

とうなずくと、西崎は意を決するように、室田に向き直った。

「その密偵、わたしが斬りましょう」

「やってくれるか」

室田がぎろりと見返した。

西崎兵庫は、藩内一といわれた直心影流《じきしんかげ》の遣《つか》い手である。むろん室田と高杉も選び抜かれた刀術の達者ではあったが、西崎の腕にはとうていおよばなかった。相手は公儀の密偵である。万に一つも討ち洩《も》らすことがあってはならない。ここは一つ西崎にまかせるべきだ、と室田はそう思ったのである。

酒を酌み交わしながら、半刻（一時間）ほど雑談したあと、西崎が、

「では」

と、頃合《ころあ》いを見計らったように腰をあげ、室田と高杉を残して店を出て行った。

表はすっかり宵闇《よいやみ》につつまれていた。

春霞《はるがすみ》のかかった夜空におぼろな月が浮いている。

西崎が向かった先は、本所入江《いりえ》町の時の鐘のちかくにある裏店《うらだな》だった。長屋の

木戸はもう閉まっていて、ひっそり静まり返った長屋の窓に二つ、三つ明かりがついていた。

西崎は音を立てぬように静かに木戸を押し開けて、そっと路地の奥に歩を進めた。

奥から二番目の油障子《しょうじ》戸にほんのりと明かりがにじんでいる。西崎はその前で足をとめて、障子の破れ目から中をのぞき込んだ。

三和土《たたき》の奥はすぐ六畳ほどの部屋になっており、行灯《あんどん》のそばに三十年配の男が背を向けて座っていた。部屋の中は乱雑に散らかっている。

男は山積みになった古傘の山から一本一本引き抜いて、濡《ぬ》れ雑巾《ぞうきん》と竹べらを使って傘の骨の紙をていねいに削《そ》ぎ取っている。

そうやって骨だけになった傘を傘屋に売る商売を「古骨買《ふるぼねか》い」といい、傘屋は、その古骨に新たに紙を張って売るのである。現代でいうリサイクル商品である。

ギシ……。

かすかなきしみ音を立てて、油障子戸が引き開けられた。

だが、男は仕事に没頭していて気づかない。影が音もなく三和土に立った。

気配に気づいて、男がふっと振り向くのと、西崎が三和土を蹴って部屋に飛び込むのとほぼ同時だった。

反射的に体をひねりながら、男はかたわらの古傘をつかみ取ってグイと柄《え》を引いた。次の瞬間、行灯のほの暗い明かりに銀光が一閃《せん》した。

古傘と見えたのは、仕込み刀だった。西崎は抜き合わせた刀の峰で男の一撃をはらい上げ、すぐさま手首を返して袈裟《けさ》がけに斬り下ろした。

男が横に跳んだ。

その敏捷《びんしょう》な動きを見ても、ただの「古骨買い」ではなかった。明らかに特殊な訓練を受けた男の動きである。

数瞬、両者の動きがとまった。

間合いはわずかに一間（約一・八メートル）。男は窓を背にして仕込み刀を下段に構えている。逃げる気配は見せず、あくまでも部屋の中で決着をつける構えである。

正眼に構えたまま、西崎は男の出方をうかがった。下段の構えは「後《ご》の先《せん》」をとる構えである。先に踏み込めば籠手《こて》をねらわれる。それをかわして胸を突くか、横にはらって胴を斬るか、一瞬、西崎は迷った。

と……、

ふいに男の左手がふところにすべり込んだ、と見た瞬間、西崎は片膝《ひざ》をついて体を沈めた。頭上を何かがかすめ、背後の柱にストンと突き刺さった。棒手裏剣《ぼうしゅりけん》だった。

男は、手裏剣を放つと同時に猛然と前に出て、下段に構えた仕込み刀を薙《な》ぎあげたが、すかさず横にかわして脾腹《ひばら》をはらった西崎の刀がわずかに速かった。

脇腹から血をまき散らしながら、男は古傘の山の上に倒れ伏し、四肢《しし》をひくひくと痙攣《けいれん》させて、すぐに絶命した。

赤茶けた畳がたちまち血の海と化した。

西崎は刀の血ぶりをして鞘《さや》に収めると、柱に突き刺さった手裏剣を引き抜いてふところにおさめ、何事もなかったようにゆったりと背を返して部屋を出て行った。

仙波直次郎は、いつもより半刻ほど早い六ツ（午前六時）に八丁堀の組屋敷を出て、亀島《かめしま》町の湯屋に足を向けた。

東の空がしらじらと明けそめている。

今日も雲ひとつない晴天である。

だが、そんな陽気とは裏腹に、直次郎の心は晴れなかった。阿片《あへん》密売人の喜左次が何者かに殺害されたことによって、阿片密売一味の探索の糸が切れてしまったからである。

引きつづき万蔵に喜左次と乙次郎との関わりを探らせてはいるものの、次の糸口が見つかるまではかなりの手間と時間がかかるだろう。

（一刻もはやく阿片密売一味を殲滅《せんめつ》しなければ）

という焦《あせ》りはあるが、さりとて自分が表立って動くわけにはいかない。どんなに時間がかかろうと、万蔵の探索結果を待つしか手はないのだ。そのもどかしさと苛立《いらだ》ちが直次郎の心を重くふさいでいたのである。

亀島橋の手前の路地を右に折れて、半丁（約五十四メートル）も行くと、左手に小さな湯屋があった。暖簾《のれん》に『亀の湯』とある。

この時代、武士が町の湯屋に入ることは原則として禁じられていたが、町奉行所の与力同心にかぎって、下情《かじょう》偵察や情報収集という名目でなかば黙認されていた。

『亀の湯』は右側に男湯、左側に女湯の出入口があったが、直次郎が引き開けたのは左側の女湯の戸だった。

江戸の湯屋の営業時間は、明け六ツから暮六ツ（午後六時）までの十二時間である。

口明けから四ツ（午前十時）までの男湯は、仕事に出かける前の職人や人足《にんそく》、朝帰りの遊び人などで混雑するが、女湯のほうはつねにがら空きだった。そこで湯屋のあるじが気を利かして、町奉行所の与力や同心を女湯に入れたのである。

「あ、仙波さま、おはようございます」

番台から、湯屋のあるじ嘉平《かへい》がしわだらけの顔を突き出して、愛想笑いを浮かべた。

「ひとっ風呂、浴びさせてもらうぜ」

「どうぞ、どうぞ」

脱衣場には、与力同心のための刀掛けもおいてある。これが八丁堀の七不思議といわれる「女湯の刀掛け」の由来である。

すかさず嘉平が番台を下りて、二階から直次郎の留桶《とめおけ》を持ってきた。留桶というのは、常連客が特別に金をはらって湯屋においておく専用の桶のことで、楕円《だえん》形をしているところから「小判形《こばんなり》」とも呼ばれた。

留桶には、それぞれ客の名前や家紋が刻印されており、所有者は使用料のほかに五節句や物日《ものび》に三百文ぐらいの祝儀《しゅうぎ》を湯屋に支払うきまりになっていたが、むろん、直次郎の場合は無料《ただ》である。

鼻唄などを口ずさみながら、湯船に体を沈めていると、ふいに湯気の向こうに人影がにじみ立ち、ぎしぎしと洗い場の板敷を踏みしめて石榴口《ざくろぐち》に歩み寄り、

「ごめん」

と湯船に入ってきた。瘦身《そうしん》の初老の侍である。

「やァ、田嶋さん」

直次郎が声をかけると、人影はびっくりしたように見返った。定町廻《じょうまちまわ》りの田嶋藤右衛門である。

「あ、仙波さん――。先日はどうも」

田嶋がぺこりと頭を下げて、

「娘がわたしの手柄《てがら》をひどくよろこんでくれましてねえ。おかげで、少しは肩身の広い思いができました。奉行所からは何の慰労《いろう》もありませんでしたが、わたしにとっては、娘のよろこぶ顔がいちばんの励みになりましたよ」

と、いかにもうれしそうに相好《そうごう》を崩した。

「そうですか。お役に立てて何よりです」

「あの男、甚八という木場人足でしてね。阿片をやっていたようですよ」

「ほう、阿片をねえ」

知ってはいたが、直次郎はとぼけてみせた。

「どうやら市中にはかなり阿片が出まわっているようです。取り締まりを強化するように上申したんですが、お偉方《えらがた》はさっぱり――」

「耳を貸してくれませんか」

「それより〝ご改革〟に違反した者を一人でも多くしょっ引《ぴ》いてこいと、逆に煽《あお》り立てられました」

「まさに本末転倒ですな」

直次郎が苦笑すると、田嶋もほろ苦く笑って、

「ま、そういうご時世ですから、致し方ありませんが――」

といいながら、両手で湯をすくって、ばしゃばしゃと顔を洗った。と、そこへ、

「旦那！」

岡《おか》っ引《ぴき》の松三が息せき切って飛び込んできた。

「どうした、松三」

「本所で殺しです！」

「殺し？　誰が殺されたんだ」

あわてる様子もみせず、湯船につかったまま、田嶋が訊き返した。

「弥之助《やのすけ》って〝古骨買い〟です。場所は入江町の――」

と、いいかけて、湯船の中の直次郎に気づき、

「あ、仙波の旦那、いつぞやはどうも」

ニッと笑って頭を下げると、のんびり湯につかっている田嶋に、入江町の番太郎が待ってるんで急いでおくんなさい、とせかすようにいった。田嶋は口の中で何やらぶつぶつと独りごちながら、不承不承《ふしょうぶしょう》立ち上がり、

「では、お先に」

と直次郎に一礼して、湯船を出ていった。

（古骨買い？）

そういえば、昨日、小間物行商の乙次郎が、日本橋の南詰でひそひそと立ち話をしていた男も〝古骨買い〟だった。

――ひょっとして、

という思いが脳裏をよぎった。長年、定町廻りをつとめてきた直次郎の直感である。あわてて湯船を飛び出し、脱衣場で身支度《みじたく》をしている田嶋に声をかけた。

「田嶋さん、わたしも一緒についていってよろしいでしょうか」

「仙波さんも？」

けげんそうに田嶋が見返した。

「じつは、その――、弥之助って名にちょっと心当たりがありましてね。念のために仏《ほとけ》を検《あらた》めさせてもらいたいんですが――」

「そういうことでしたら、どうぞご随意《ずいい》に」

「では、お供させてもらいます」

直次郎も手早く身支度に取りかかった。

三人が本所入江町の長屋に到着すると、長屋木戸の付近にかみさん連中が五、六人たむろしていて、眉《まゆ》をひそめながら何やらひそひそ話をしていた。その前に自身番屋の番太郎らしき小柄な中年男が立ちふさがって、路地の出入りを止めていた。

「あ、お役目ご苦労さまです」

三人の姿を見て、番太郎が頭を下げた。

「弥之助の家《やさ》はどこだ？」

田嶋が訊くと、番太郎は「へい」と応えて、三人を奥から二番目の家に案内した。

油障子戸を引き開けて、まず田嶋が中に入り、松三と直次郎がそれにつづいた。

「こいつはひでえ」

部屋に入るなり、田嶋が顔をゆがめた。

散乱した古傘の上に、脇腹を切り裂かれて血まみれになった男が倒れている。

赤茶けた畳は男の脇腹から流れ出た血をどっぷり吸って、どす黒く変色していた。

直次郎は死体のかたわらにかがみ込み、男の顔をのぞき込んだ。

三十年配ののっぺりした顔の男である。

（この男は——）

直次郎の目がきらりと光り、細い吐息が口から洩れた。

案《あん》の定《じょう》、男は日本橋の南詰で小間物行商の乙次郎と立ち話をしていた〝古骨買い〟だった。そのとき男は頰かぶりをしていたが、乙次郎と別れぎわに頰かぶりの下からちらりとのぞいた男の顔を、直次郎は忘れていなかった。

視線を移して脇腹の傷を見た。刀で斬られた傷である。横薙ぎにほとんど一太刀《たち》で斬り裂かれている。

「仙波さん、こんなものが――」

田嶋が部屋のすみから何かを拾いあげて、直次郎の前に差し出した。古傘の柄に仕込まれた細身の刀である。

「仕込み刀ですか」

直次郎はするどい目で刀身を見た。血がついていないところをみると、下手人《げしゅにん》が放置していったものではない。明らかに弥之助の持ち物である。田嶋もそう見たのだろう。

「しかし、〝古骨買い〟がなぜこんな物騒なものを――？」

といぶかるようにいった。

「さァ」

小首をかしげてみせたが、直次郎にはピンとくるものがあった。この男もただの〝古骨買い〟ではない。乙次郎同様、阿片密売一味と何らかの関わりをもっているにちがいなかった。

「この男に何か心当たりでも？」

「いえ、わたしの思い過ごしのようでした」

直次郎はゆったりと腰をあげ、お邪魔になるでしょうから、わたしはこれで失礼しますといって、そそくさと出ていった。

3

竪《たて》川に架かる三ツ目《みめ》橋のあたりで、直次郎はふと足をとめて、思い立ったように橋の北詰を右に曲がった。

本所まできたついでに、南本所の万蔵の家をたずねようと思ったのである。

つい今しがた入江町の五ツ（午前八時）の鐘を聞いたばかりである。この時刻なら、万蔵はまだ家にいるはずだ。

三ツ目通りを北に向かってまっすぐ歩を進め、北割下水《きたわりげすい》の手前を左に折れてしばらく行くと、前方に土井能登守《どいのとのかみ》の下屋敷の築地塀が見えた。万蔵の古着屋は、その下屋敷の北側に位置する番場《ばんば》町の一角にあった。古着屋といっても、看板もかかげず、屋号も記していない間口二間（約三・六メートル）ほどの古い小さな家である。

腰高障子をがらりと引き開けて、三和土に足を踏み入れ、

「万蔵、いるか」

と奥に声をかけると、板敷の古着の山の陰から、ちょうど朝めしを食べていたらしく、口をもぐもぐさせながら万蔵が姿を現した。

「ずいぶんとお早いお出ましで」

「入江町で殺しがあってな」

「殺し？」

「ついでに寄らせてもらった。ちょっといいか？」

「へえ、どうぞ」

こんな朝はやくから、直次郎がわざわざ「殺し」の現場に出張《でば》っていったのは、よほどの事情があるにちがいない、と察して、万蔵は直次郎を奥の六畳間に通した。

「めしを食っていたのか」

「へい。ちょうどいま、終わったところで」

手ばやく箱膳《はこぜん》を片づけると、万蔵は茶を淹《い》れて差し出しながら、

「で、殺されたのは何者なんですかい？」

と、上目づかいに訊いた。

「名は弥之助。きのう日本橋の南詰で乙次郎と立ち話をしていた〝古骨買い〟だ」

「あの男が――」

万蔵は思わず目を剝いた。

「殺されたんですかい」

「やつはただの〝古骨買い〟じゃねえ。仕込み刀を持ってやがった」

「仕込み刀を？」

「もっとも、それを使う間もなく斬られたようだが――」

直次郎は険しい顔で茶をひと口すすりあげ、

「斬った下手人もただ者じゃねえ。侍だ。それもかなりの手練《てだれ》のな」

といいながら、自分の脇腹のあたりをさすってみせた。

「ほとんど一太刀で腹を斬り裂いている」

「ほう」

と万蔵は驚嘆の吐息を洩らして、

「けど、なんでまた侍が〝古骨買い〟を？」

「それがわかりゃ、苦労はしねえさ。ただ一つだけたしかなことは――」

飲みほした湯呑みを畳の上において、直次郎はすくい上げるように万蔵の顔をみた。

「物盗《ものと》りが目的じゃねえってことだけだ」

「へえ」

金品が目的なら、〝古骨買い〟を襲ったりはしないだろう。

「ところで、乙次郎のその後の様子はどうだ？」

「あれから日暮れまで、一時《いっとき》も目を離さずにやつのあとを跟《つ》けたんですが、変わった動きはありやせんでした」

「そうか」

やや落胆《らくたん》の色を浮かべる直次郎に、万蔵が決然といった。

「こうなったら、根比《こんくら》べだ。野郎が尻尾を出すまでトコトン食らいついてやりやすよ」

「その前に〝古骨買い〟の二の舞になっちまうかもしれねえぜ」

「え」

「消されるってことよ」

「…………」

万蔵は顔をこわばらせて絶句した。直次郎がゆったりと腰をあげた。

「このさい悠長なことはいってられねえ。おれが直《じか》に野郎を締めあげてみる」

からり……。

唐紙が開いて、まばゆいばかりの光が差し込んできた。目を開くと、敷居ぎわに女が立っていた。色白で目鼻立ちのととのった若い女である。

「もう四ツ（午前十時）ですよ」

女が涼《すず》やかな声でいった。

西崎兵庫はむっくり起き上がって、大きく両腕を伸ばしながら、布団を出た。

「あたし、帰ります」

「そうあわてることはないだろう。ゆっくりしていったらどうだ」

「忙しいんですよ。お風呂にも行かなきゃならないし、髪も結い直さなければならないし」

といって背を返す女を、

「おゆう」

西崎はいきなり背後から抱きすくめ、耳もとでささやくようにいった。

「おまえさえよければ、ここで一緒に暮らしてもいいんだぞ」

「旦那」

おゆうと呼ばれたその女は、くるっと振り向くなり、西崎の胸にすがりついて、

「そういってくれるのはうれしいけど――、でも、すぐにというわけには――」

と声をつまらせた。島田に結った髪が朝の光を受けてつややかに光っている。

「わかっている。事情が許せばの話だ。今日明日ということではない」

「そのうち女将《おかみ》さんに相談してみますよ。それとなくね」

おゆうがにっこり微笑《わら》った。黒目がちの大きな目がきらきらと耀《かがや》いている。その細い肩を引き寄せて、西崎はそっと唇を合わせた。少時、口を吸い合ったあと、おゆうは未練をふくんだ笑みを残して、

「じゃ」

と足早に部屋を出ていった。

早くに左官《さかん》職人の父親と死に別れたおゆうは、薬研《やげん》堀の料亭で賄《まかな》いをしながら

自分を育ててくれた母親を助けるために、十五のときに柳橋《やなぎばし》の芸者置屋《おきや》に奉公に入り、五年ほど下働きをしたあと、昨年の暮れ、ようやく芸者として座敷に出たばかりの、いわば半玉《はんぎょく》の芸者だった。

二人が知り合ったのは、柳橋の船宿『浮舟《うきふね》』の座敷だった。

ふらりと現れた西崎兵庫に、おゆうは一目惚《ぼ》れした。初見の客にどうしてそんな気持ちになったのか、自分でもわからなかったが、ただ、これまで出会った男たちとは明らかに異質の雰囲気を西崎は持っていた。

一言でいえば、やさしい男である。十五のときから色街に身をおき、男の本性をいやというほど見てきたおゆうは、そのやさしさに惹《ひ》かれたのである。

「またきてくださいね」

西崎に抱かれたあと、おゆうは甘えるようにそういったが、浪々《ろうろう》の身の西崎には、『浮舟』に通いつめるだけの余裕《ゆとり》はなく、それ以来、二度と西崎が『浮舟』に姿を現すことはなかった。その代わり、おゆうのほうが浅草阿部川町の西崎の住まいに出向くようになったのである。

当初は遊びのつもりだった西崎も、おゆうと情を交わすたびにその健気《けなげ》さと自分への一途な想いを肌で感じるようになり、いまでは、

——お役目を無事に果たしたら、妻に迎えようか。

と、本気でそう思うようになっていた。

おゆうの残り香がただよう夜具を畳むと、西崎は、

「さて」

と奥の土間に下りて、水瓶《みずがめ》の水を手桶《ておけ》にそそいで顔を洗いはじめた。と、そのとき、ふいに玄関で「おはようございます」と寛闊《かんかつ》な声がした。

急いで玄関に出てみると、土間に高杉平馬が立っていた。

「平馬か」

「おやすみでしたか」

「いま起きたところだ。ま、上がってくれ」

「失礼します」

二人は居間に入った。おゆうが雨戸を引いていったのだろう、庭に面した障子に朝の陽差しがさんさんと降りそそいでいる。障子を一枚引き開けると、さわやかな風とともに、どこからともなくのどかな鶯《うぐいす》の声が聞こえてきた。

「いい陽気になったな」

「早いものですね。江戸にきてからもう半月になります」

「久慈《くじ》川の河畔《かはん》の梅も花をつけているだろうな」

濡れ縁に立って、西崎は遠くを見るような目つきでつぶやいた。

奥州棚倉は、八溝《やみぞ》山地と阿武隈《あぶくま》高地にかこまれた風光明媚《ふうこうめいび》な城下町である。八溝山北斜面から北東に流れ出た久慈川は、棚倉城下で大きく南に折れ、常陸国《ひたちのくに》（茨城県）へ延びている。その久慈川のほとりには紅梅の梅の木が立ち並び、春は花見の名所となる。

「ところで、平馬」

西崎はどかりと腰を下ろして、高杉の顔を射《い》すくめた。

「弥之助という男、首尾よく仕留めてきたぞ」

「そうですか。お手数をおかけしました」

若者らしい折り目正しさで深々と低頭すると、高杉はすぐに顔をあげて、

「遅まきながら、わたしのほうも首尾よく――」

「何かわかったのか」

「もう一人の密偵の素性を突きとめました」

「そやつの住まいはわかっているのか」

「はい」

「よし、機会《おり》をみてその男はおれが斬る。――それより平馬、朝めしは済んだのか」

「いえ、まだです」

「この近くにうまい魚を食わせるめし屋がある。行こう」

あごをしゃくって、西崎は立ち上がった。

4

その日の夕刻――。

定刻どおりに奉行所を出ると、仙波直次郎は神田鎌倉河岸《かまくらがし》に足を向けた。

鎌倉河岸は、竜閑橋《りゅうかん》と神田橋御門の間の濠端《ほりばた》で、徳川氏が江戸城構築のさい、鎌倉から運んできた石をこの河岸から揚《あ》げたといわれている。

現在は、酒屋や味噌《みそ》・醤油《しょうゆ》問屋、油屋などの大店《おおだな》が軒をつらね、江戸有数の樽《たる》物《もの》の問屋街として知られていた。

日暮れ前の鎌倉河岸は、人の動きがひときわあわただしい。

軒先に積まれた荷を運び込む者、店の前を掃除する者、暖簾を取り入れる者。

中には早々《はやばや》と大戸を下ろしている店もあった。

そんなあわただしい光景を横目に見ながら、直次郎は路地に足を踏み入れた。小間物行商の乙次郎が、問屋街の内儀や女中たちを目当てに、決まってこの時刻に鎌倉河岸の路地に姿を現す、と万蔵から聞いていたからである。

果たせるかな、前方の路地角に五、六人の女が人垣を作っていた。その人垣の中で、地べたに風呂敷を広げて小間物を商《あきな》っている男がいた。男は、まぎれもなく乙次郎だった。例によって荷の底に隠し持った禁制の役者絵をちらつかせながら、女たちの歓心《かんしん》を買っている。

物陰に身をひそめて、しばらくその様子を見ていると、女たちは思い思いに品物を買い求めて、三々五々《さんさんごご》散って行った。乙次郎は売れ残った品物を風呂敷につつんで背中に背負《せお》い、ゆっくり歩き出した。それを見て、直次郎も何食わぬ顔で物陰から歩を踏み出した。

風呂敷包みを背負った乙次郎は、やや前かがみの姿勢で、しだいに歩度を速めて路地を曲がりくねりながら北をさして歩いて行く。

このまま家に帰るのか、それともまだ商いはつづけるつもりなのか。

もし、このまま乙次郎が家路をたどるとすれば、八辻《やつじ》ケ原《はら》に出て筋違御門《すじかいごもん》橋を渡るはずだ。人通りの少ない八辻ケ原なら、乙次郎を捕らえる機会はあるだろう。だが、まだ商いをつづけるつもりなら、しばらく様子を見なければならない。

思案しているうちに、薄闇がただよいはじめた。

風もなく、ほのかな温《ぬく》もりを残した夕闇に春の香りが匂い立つ。こんなのどかな春の夕暮れに、何を好《す》き好《この》んで小間物売りの尻《けつ》を追っかけなきゃならねえんだ、と自嘲《じちょう》した直次郎の顔が、次の瞬間、冷水《ひやみず》をあびせられたように硬直した。

前方を歩いていた乙次郎の姿が、忽然《こつぜん》と消えたのである。

（しまった！）

直次郎は思わず走り出した。

と、そのとき、左手の路地から化鳥《けちょう》のごとく飛び出してきた黒影が、直次郎の行く手をふさぐように立ちはだかった。

直次郎は反射的に刀の柄《つか》に手をかけて、二、三歩跳び下がると、腰を落として居斬《いぎ》りの構えをとり、するどい目をその黒影に射向けた。

「旦那、あっしです」

黒影が低く声を発した。

「おめえは――！」

直次郎は目を見張った。黒影は、紺の筒袖《つつそで》に黒の股引《ももひ》き姿の若い男――〝闇稼業〟の連絡役《つなぎ》・半次郎《はんじろう》だった。

「半の字！――な、なんで、おめえがこんなところに――」

「話は歩きながら」

ぼそりといって、半次郎は踵《きびす》を返した。狐につままれたような顔で、直次郎はすぐさま半次郎のあとを追った。

鎌倉河岸の裏手の路地を抜けて、竜閑橋の北詰に出るまで、二人は人通りを気にして一言も言葉を交わさなかった。橋を渡ったところでようやく人の往来が絶えた。つい寸刻前のあわただしさが嘘のように、あたりはひっそりと静まり返っている。

「旦那、あの男から手を引いておくんなさい」

歩きながら、半次郎が卒然といった。抑揚《よくよう》のない低い声である。

「あの男って、小間物行商の乙次郎のことか」

「へい」

「手を引けとは、いったいどういうことなんだ？」

直次郎がけげんそうに訊き返した。

「あの男は、公儀お庭番《にわばん》の配下の者です」

「なんだって！」

驚愕《きょうがく》のあまり、直次郎の声が上ずった。

公儀お庭番とは、いまから百十七年前、すなわち享保《きょうほう》十一年（一七二六）に、八代将軍徳川吉宗《よしむね》が創設した将軍直属の隠密《おんみつ》のことである。

創設当初、お庭番は十六家あった。

①藪田《やぶた》定八《さだはち》
②宮地《みやじ》六右衛門《ろくえもん》
③川村《かわむら》弥五左衛門《やござえもん》
④明楽《あけら》樫右衛門《かしえもん》
⑤西村《にしむら》庄左衛門《しょうざえもん》
⑥馬場《ばば》滝右衛門《たきえもん》
⑦中村《なかむら》万五郎《まんごろう》
⑧野尻《のじり》七郎兵衛《しちろべえ》
⑨村垣《むらがき》吉平《きちへい》

⑩古坂与吉《ふるさかよきち》
⑪高橋与右衛門《たかはしよえもん》
⑫倉地文左衛門《くらちぶんざえもん》
⑬梶野太左衛門《かじのたざえもん》
⑭和多田孫市《わただまごいち》
⑮林物七郎《はやしそうしちろう》
⑯古川安之右衛門《ふるかわやすのえもん》

以上の十六家に、三年後の享保十四年、紀州藩口之者《きしゅうくちのもの》（馬の轡《くつわ》取り）の川村新六《かわむらしんろく》が加えられて、いわゆる「お庭番家筋《いえすじ》十七家」が確立し、幕末まで世襲的にその家筋がつづいたのである。

お庭番は一名「お庭之者」とも呼ばれ、平素は江戸城内の吹上《ふきあげ》庭園の警備に当たっている。彼らが特殊任務につくときは、たとえば大名家の内情偵察や外国との密貿易などの探索の場合、吹上庭園の四阿《あずまや》で将軍から直接指令が下されるのである。

お庭番十七家は、それぞれ子飼いの隠密を十数人かかえており、役割によって「遠国御用《おんごくごよう》」と「里隠《さとがく》れ」に使い分けていた。「遠国御用」は虚無僧《こむそう》や猿廻《さるまわ》し、放《ほう》下師《かし》（旅芸人）などに変装して他国に潜入する隠密のことをいい、一カ所に定住してその土地の住民になりすまし、民情や政情を偵察する隠密を「里隠れ」といった。

半次郎の話によると、乙次郎はお庭番十二家・倉地文五郎《ぶんごろう》配下の「里隠れ隠密」で、十年ほど前から神田相生町に住みつき、小間物の行商をしながら、おもに江戸在府の諸大名の動静を探っていたという。

「――まさか、あの男が――」

まだ信じられぬといった顔で、直次郎がつぶやいた。

「これ以上深入りすると、お庭番を敵に廻すことになりやす」

半次郎は黙々と歩を運びながら、あいかわらず抑揚のない低い声でいった。

「しかし」

直次郎は足を速めて、先を行く半次郎の横に並んだ。

「なんで、おめえがそのことを？」

「元締めのお申しつけで、ある事件を探っていたんですが――」

その探索の過程で、偶然、乙次郎の素性が明らかになったという。しかし、事件そのものについては、目下《もっか》調べをつづけているところなので、

「いまは明かすわけにはいきやせん」

と口を濁《にご》し、半次郎は沈黙してしまった。もともと半次郎は口数の少ない寡黙《かもく》な男なのだが、とりわけ〝仕事〟の話になると、極端に口が重くなる。それがこの男の長所といえば長所なのだが、直次郎にいわせると、その口の重さが、

（どうにも焦《じ》れってえ）

のである。

「一つだけ訊くが――」

直次郎は、なおも詰め寄った。

「〝古骨買い〟の弥之助って男も、乙次郎の仲間だったのか」

半次郎は黙っていただけである。だが、否定はしていない。とすれば、〝古骨買い〟の弥之助もお庭番十二家・倉地文五郎の配下の「里隠れ」だったということになる。

「その二人はいってえ何を探っていたんだ？」

「くわしい話は、いずれ元締めのほうから――」

にべもなくそういうと、半次郎は軽く頭を下げて、小走りに駆け去って行った。

追いすがって、さらに問い詰めてみようかとも思ったが、半次郎の重い口をこじ開けるのは無理だと悟って、直次郎はあきらめた。

（妙な雲行《くもゆ》きになりやがったな）

将軍直属の隠密・お庭番が、阿片密売一味の探索に動くというのは異例のことである。江戸市中に阿片が蔓延《まんえん》している現状を幕府が危惧《きぐ》したのか、それともほかに何か別の目的でもあるのか。

——これ以上深入りすると、お庭番を敵に廻すことになりやす。

半次郎はそういったが、阿片密売一味の探索という点では、直次郎も同じ目的で動いているのである。それがなぜお庭番を敵に廻すことになるのか。

（どうもわからねえ）

釈然《しゃくぜん》とせぬ面持ちで、直次郎はつぶやいた。

小間物行商の乙次郎が神田相生町の家にもどったのは、それから四半刻（約三十分）後の六ツ（午後六時）ごろだった。玄関の引き戸を開けて、

「帰ったぜ」

と奥に声をかけたがお秀の返答はなかった。土間を見るとお秀の駒下駄《こまげた》がな

い。

「湯屋に行ったか——」

つぶやきながら、乙次郎は背中の風呂敷包みを上がり框《がまち》の上におくと、ふと思い立ったようにふたたび家を出て行った。

そのとき……、
付近の物陰の闇がかすかに動いたことに、乙次郎はまったく気づかなかった。

神田花房《はなぶさ》町の路地を抜けて、神田川に架かる筋違御門橋を渡ると、乙次郎は柳《やなぎ》原《わら》土手を神田川の下流（東）に向かって歩を進めた。

日がとっぷり暮れて、夕闇が宵闇に変わろうとしていた。土手道を往来する人影はほとんどなく、柳並木の枝だけがさわさわと音を立てて川風にそよいでいる。

五丁（約五百四十五・四メートル）ほど行ったところで、乙次郎はふと足をとめて四辺の闇にするどい目をくばり、土手を下りていった。身の丈ほど生《お》い茂る蘆荻《ろてき》の原の向こうに、ポツンと小さな明かりがともっている。『柳森稲荷社《やなぎもりいなりしゃ》』の灯明《とうみよう》である。

蘆《あし》の茂みをかき分けて柳森稲荷社の前に歩み寄ると、乙次郎は再度あたりの闇にするどい目をくばり、社殿の基壇《きだん》に足をかけた。

誰が供えたものか、五、六本の蠟燭《ろうそく》がほのかな明かりをともしている。

乙次郎はその一本をつかみ取って、いきなりポキリと二つに折った。蠟燭の芯の穴にコヨリが詰め込まれている。それを引き出して、開いて見た。

細く切り裂かれた短冊型の紙に、

二十九、二十六、四十七、三十一、十四、三十三、二、三十七、十七、十六。
四十二、四十八、六、四十八、十五、二十四、四十二、四十八、四十六、十五。

と記されている。

これはお庭番組頭・倉地文五郎が配下の隠密と連絡を取り合うときに用いる牒《ちよう》文《ぶん》で、数字は「いろは四十八文字」を表している。つまり、いろはの「い」の字を「一」として順番に数字に置き換え、最後の「四十八」は「ん」を表し、数字の傍点は濁音、もしくは半濁音を表しているのである。

蠟燭の細い明かりを頼りに、乙次郎は一字一字、数字を拾って読んだ。平仮名に直すと次のとおりになる。

やのすけがころされた。

しんぺん、ようじんせよ。

（弥之助が……！）

乙次郎の顔に驚愕が奔《はし》った。弥之助とは、きのうの午後、日本橋の南詰で連絡《つなぎ》を取り合ったばかりである。その弥之助が殺されるとは……。

信じられぬ思いで、もう一度牒文の数字に目を走らせると、乙次郎は震える手で牒文を蠟燭の火にかざした。一瞬、淡い明かりがポッと周囲の闇を染め、燃えつきた牒文が灰のかけらとなって宙に舞った。

――しんぺん、ようじんせよ。

蠟燭の火を吹き消すと、乙次郎はおのれにいい聞かせるように、牒文の一行を胸のうちで反芻《はんすう》した。

これまでの探索の経緯からみて、弥之助殺しの下手人は、棚倉藩の家中の者しか考えられない。そのいずれであろうと、つぎにねらわれるのが自分であることはたしかだった。牒文は、組頭・倉地文五郎からの警告だったのである。

ぶるっ。

とひとつ身震いをして身をひるがえすと、乙次郎は生い茂った蘆荻をかき分けて、足早に柳原土手に取って返した。

と、そのとき……、
突然、行く手の蘆の茂みがザザッと揺れて、黒い人影が矢のように飛び出してきた。

乙次郎は反射的に一間（約一・八メートル）ほど後方に跳びすさり、すかさずふところから匕首《あいくち》を引き抜いて低く身構えた。その視線の先に立った黒影は、西崎兵庫だった。

「うぬは――、棚倉藩の手の者か」

乙次郎がうめくようにいった。あの温厚な小間物行商の顔とは打って変わって、まるで別人のように冷徹な隠密の顔になっている。

「貴様に怨《うら》みはないが、お家《いえ》のために死んでもらう」

感情のない冷ややかな声でそういうと、西崎はゆっくり刀を引き抜いた。それを見て、乙次郎も匕首を逆手《さかて》に持ち替えた。

両者の間合いはおよそ二間（約三・六メートル）。西崎は刀を下段に構えて、じりじりと足をすりながら、右廻りに間合いを詰めて行く。

対する乙次郎は、逆手に持った匕首を胸のあたりに構え、切っ先を正面に向けながら、一寸きざみに後退する。一足一刀の間合いに入れば、刃渡りの長い刀が有利なのは自明《じめい》の理だ。西崎が間境《まざかい》を越える前に「先《せん》の先《せん》」をとらなければ勝ち目はない。

はっ！

無声の気合を発して、乙次郎が跳躍《ちょうやく》した。捨て身の先制攻撃である。

一瞬、西崎の視界から乙次郎の姿が消えた。とっさに横に跳んで身を沈めると、その頭上を一間ほどの高さで、物《もの》の怪《け》のような影が飛翔《ひしょう》した。

恐るべき跳躍力である。

横に跳んでかわしていなければ、乙次郎の匕首は確実に西崎の首を薙いでいたにちがいない。だが、身を沈めると同時に下から放った西崎の一閃は、乙次郎が着地するのを待たずに、その右手を匕首を持ったまま両断していた。

ドサッ。

乙次郎の体が草むらに落下した。

右手首が輪切りにされ、切断面から泉水《せんすい》のように血が噴き出している。体のすぐそばに匕首をにぎったままの右手首が落ちていた。それを拾おうとして左手を伸ばした瞬間、西崎の上段からの一撃が乙次郎の首に食い込んでいた。

骨を断つ鈍い音がして、乙次郎の首が草むらに転がった。

声も叫びもなかった。首のない胴体がひくひくと痙攣している。

西崎は刀の血ぶりをして鞘におさめながら、冷ややかな目で胴体から離れた乙次郎の首をちらりと見下ろした。両眼を見開き、カッと虚空《こくう》を見据《みす》えたその死に顔には、現世《げんせ》への未練がありありとにじみ出ている。

（哀れな……）

という思いが、西崎の胸をひたした。

公儀隠密はどこで打ち果てようと、その屍《かばね》を拾う者は誰もいない。任務の秘密とともに無縁仏《むえんぼとけ》として葬《ほうむ》り去られるのが、彼らの運命《さだめ》なのだ。

乙次郎の死骸《しがい》も、明日の朝になれば誰かに発見され、物盗りか辻斬りの仕業《しわざ》とされて、ひっそり葬られるにちがいなかった。〝古骨買い〟の弥之助と同じように……。

屍の引き取り手もないまま、弥之助はいま本所回向院《えこういん》の無縁墓地に眠っている。

——これでいいのだ。

気を取り直して、西崎は踵を返した。

これでとうぶん棚倉藩の江戸屋敷にお庭番の探索の手が入ることはないだろう。そう思うと少しは気が晴れるような思いがした。

5

中食《ちゆうじき》をとるために、やや早めに奉行所を出た仙波直次郎は、数寄屋《すきや》橋を渡ったところでふと足をとめて前方に目をやった。

数寄屋河岸の広場の小砂利《こじやり》を踏んで、菅笠《すげがさ》をかぶった男がこちらに向かって足早にやってくる。その風体からすぐに万蔵だとわかった。偶然にしてはあまりにも間《ま》がよすぎる。おそらく直次郎が出てくるのをどこかで待ち受けていたのだろう。

周囲の目を気にして、直次郎はわざと素知らぬ顔で歩き出した。万蔵もあえて声をかけず、二、三間の距離をおいて何食わぬ顔でついてきた。

直次郎は元数寄屋《もとすきや》町一丁目と二丁目の境の道を左に折れ、さらにその先の山下《やました》町の路地を左に曲がって、『利休庵《りきゅうあん》』という小さなそば屋に入った。

ここまで足を延ばせば、奉行所の役人たちと顔を合わせることはない。
七、八坪のせまい店内には三組の客がいたが、いずれも近隣の商家の奉公人たちで、奉行所の連中は一人もいなかった。
窓ぎわの席に腰を下ろして蒸籠《せいろ》そばを注文すると、ほどなく万蔵が入ってきて、店の小女にかけそばを注文し、無言のまま直次郎の前に座った。

「話は何だ？」

直次郎が小声で訊くと、万蔵は店の中を用心深く見廻しながら、これも聞き取れぬほど低い声でぼそりと応えた。

「乙次郎が殺されやした」

「なに！」

「じつは――」

万蔵が話をつづけようとすると、直次郎は「待て」と目顔で制して、あごをしゃくってみせた。小女が盆に注文のそばをのせて運んできたのである。

「どうぞ、ごゆっくり」

蒸籠そばとかけそばを卓の上においていて、小女は板場に去って行った。それを見

送ると、万蔵は運ばれてきたかけそばをすすりながら、

「あっしも、ついさっき知ったんですがね」

ぼそぼそと低い声で語りはじめた。

今朝《けさ》四ツ半（午前十一時）ごろ、万蔵は商売仲間の新八《しんぱち》という男に頼まれて、古着の半纏《はんてん》を六着ばかり柳原土手の床店《とこみせ》に届けに行った。

柳原土手は夜間はほとんど人通りがなく、夜鷹《よたか》が出没する悪所《あくしょ》として知られているが、昼間は古着屋や古道具屋、日用雑貨屋などの床店が建ち並び、江戸の諸《しょ》方《ほう》から買い物客が集まってきて、まるで縁日のようなにぎわいをみせる場所でもある。

その柳原土手に床店を構えている新八が、古着の半纏を届けにきた万蔵を見るなり、

「朝っぱらからえらい騒ぎでしたよ」

と眉をひそめていった。

「何かあったのかい？」

「すぐそこの土手下で殺しがあったんです」

「殺し？」

「町方《まちかた》が出張《でば》ってくるわ、野次馬《やじうま》が集まってくるわ、そりゃもう大変な騒ぎでしたよ」

「誰が殺されたんだい？」

「乙次郎とかいう小間物の行商人だそうで」

「乙次郎！」

　思わず万蔵は目を剝いた。

「首をばっさり斬り落とされていたそうです。検死《けんし》の町方役人は辻斬りの仕業じゃねえかといってましたがね」

「………」

　万蔵は絶句した。首を斬り落とされていたとすれば、得物《えもの》はおそらく刀だろう。そういえば、〝古骨買い〟の弥之助も刀で脇腹を斬られていた、下手人は侍にちがいない、と直次郎はいっていた。

（ひょっとしたら、同じ侍の仕業かもしれねえ）

　万蔵が思案していると、新八がのぞき込むように見て、

「わざわざすみませんでしたね、万蔵さん」

　と古着の半纏の代金を差し出した。万蔵はふっと我に返って代金を受け取り、

「なに、困ったときはお互いさまよ」

と作り笑いを浮かべながら、また何かあったら遠慮なくいってくんな、といいおいて新八の床店をあとにしたが、五、六間（約九～十・九メートル）歩いたところでチラリと背後を振り返り、人目がないのを確認すると一気に土手を駆け下りて、殺しの現場の土手下に足を踏み入れた。

乙次郎の死骸はすでに片づけられていた。死骸があったと思われる草むらには激しく踏みしだかれた跡があり、その周囲におびただしい血が飛び散っていた。

あたりを見廻していた万蔵の目が、ふと一点にとまった。その場からやや離れた草むらの陰に、何やら黒い小さな物が落ちている。

「そいつを拾ってきたんですがね」

といって万蔵は箸《はし》を持つ手をとめ、ふところから黒い物を取り出した。

「これです」

直次郎は思わず息を呑んだ。万蔵の手のひらにのっているのは、古ぼけた印籠だった。受け取ってよく見ると、塗りの剝《は》げた黒漆《くろうるし》の上に、うっすらと「剣形六葉」の金紋が浮いている。まぎれもなくそれは、西崎兵庫が腰に下げていた印籠だった。

いた。

（まさか、あの男が――）

直次郎の脳裏に一抹《いちまつ》の疑念がよぎった。が、印籠が落ちていたというだけで西崎を疑うのは、いささか短絡的な気もした。偶然その場を通ったときに落として行ったということも考えられるし、何よりも、西崎は妻を助けてくれた恩人なのである。人を殺すような男ではない、という思いのほうが疑心よりつよく働いていた。

「旦那、その印籠に何か心当たりでも？」

箸をとめたまま、じっと沈思《ちんし》している直次郎に、万蔵がけげんそうに訊いた。

「い、いや、べつに」

と、あわてて首を振ったが、直次郎の心中《しんちゅう》はおだやかではなかった。西崎に対する疑念と西崎から受けた恩義とが、胸の奥で複雑にからみ合っていた。

「これはあっしの勘ですがね。ひょっとすると、その印籠は下手人が落としていった物じゃねえかと――」

「かもしれねえな」

直次郎は険しい顔でうなずきながら、

「万蔵、念のためにこいつはおれが預かっておくぜ」

といって印籠をふところにねじ込むと、ふたたびそばをすすりはじめた。

その日の夕刻、直次郎は奉行所を退出すると、その足で日本橋小網《こあみ》町に向かった。

連絡役の半次郎をたずねようと思ったのである。

〝古骨買い〟の弥之助殺しと小間物行商の乙次郎殺しが同じ侍の仕業だとすれば、半次郎が探っている〝ある事件〟と何か関わりがあるのかもしれない。もし関わりがあるとすれば、西崎兵庫の疑念を払拭《ふっしょく》するためにも、なんとしてもその〝事件〟の真相を半次郎の口から聞きたかった。

半次郎の住まいは小網町の箱崎《はこざき》川のほとりにある。住まいといっても、わずか三、四坪の小さな掘《ほ》っ建《た》て小屋で、半次郎はその小屋に起居しながら、表向きは猪牙舟《ちょきぶね》の船頭という触れ込みで、ひっそりと暮らしている。

箱崎川の川面にゆったりと夕靄《ゆうもや》が流れている。

川辺で水遊びをしていた子供たちが、喚声《かんせい》をあげて走り去って行くのを、横目に見ながら直次郎は船着場の石段を下りて行った。

石段を下りたところに、丸太組の桟橋《さんばし》がある。いつもならその桟橋にもやっている半次郎の猪牙舟が見えなかった。

（仕事に出ているか――）

そう思いながら、直次郎は小屋の戸口に歩み寄って、板戸を引き開けた。

「旦那」

ふいに小屋の奥の暗がりから、女の声がした。一瞬、直次郎はびっくりしたように戸口に棒立ちになり、目をこらして小屋の奥の闇を見た。

小夜が一人ぽつねんと空き樽《だる》の上に座っている。

「なんだ、小夜か」

ほっとしたような顔で、直次郎は小屋の中に足を踏み入れた。

「こんなところで、何してるんだ？」

「半次郎さんの帰りを待ってるの」

「ふーん」

とうなずきながら、直次郎はもう一つの空き樽に腰を下ろし、

「何か急用でもあるのか」

探るような目で小夜の顔を見た。いつになく小夜は険しい表情で、

「ひどい話――」

ぽつんと吐き捨てるようにいった。

「何のことだ?」

「乙次郎さんが殺されたのよ。柳原土手の下で」

「ほう」

むろん、その件は万蔵から聞いて知っていたが、直次郎はあえて知らぬふりをした。

「それもただの殺され方じゃないわ。首と右の手首を斬り落とされていたんだって」

「首と手首を——?」

「誰が、何のためにそんな酷《むご》い殺し方をしたのかわからないけど、ひどすぎますよ」

引きつったその声に、小夜の感情の昂《たかぶ》りが感じられた。

「その話、誰から聞いたんだ?」

「お秀さん」

乙次郎の女房で、小夜の髪結い仲間のお秀である。

小夜の話によると、今朝はやく、お秀は番屋から報《しら》せを受けて柳原に飛んでいったという。そこでお秀が見たのは、無惨に首を斬り落とされた乙次郎の亡骸《なきがら》だった。

町方役人の検死が終わったあと、お秀は乙次郎の亡骸を引き取ってねんごろに葬り、いったんは神田相生町の家にもどったのだが、それまで涙ひとつ見せずに気丈に振る舞っていたお秀も、さすがに堪《た》えかねたのか、突然、小夜の家をたずねてきて、

「部屋にあがるなり泣き崩れてしまった」

そうである。小夜がどんなに慰《なぐさ》めの言葉をかけても、お秀はただ泣哭《きゅうこく》するだけで、ほとんど半狂乱の態《てい》だったという。

「そんなお秀さんを見て、あたしも黙っていられなくなったんです」

切れ長な小夜の目に、めらめらと瞋恚《しんい》の炎《ほむら》が燃えたぎっている。

「半次郎さんに下手人を探してもらって、あたしがお秀さんの怨みを晴らしてやろうかと——」

小夜が決然といった。見かけはごくふつうの町娘と変わらないが、じつは小夜もれっきとした〝闇稼業〟の一員であり、直次郎も一目《いちもく》おくほどの凄腕《すごうで》の〝女殺し人〟なのだ。

「ま、おめえの気持ちはよくわかるが——」

不精《ぶしよう》ひげの生えたあごをぞろりと撫《な》でながら、直次郎がいった。

「〝闇稼業〟に私情を持ち込むのは、ご法度《はつと》なんだぜ」

「そりゃわかってるけど」

「おめえが勝手にやるぶんには、誰も文句はいいやしねえが——、問題は、下手人探しの仕事を半次郎が受けるか、どうかだ」

「仕事料を払えば、半さんだって受けてくれると思うわ」

「それはどうかな。あいつは金で動くような男じゃねえぜ」

「頼んでみなきゃわからないわよ。それより、旦那はなんでここへ?」

小夜がすくいあげるような目で訊き返した。

「いや、なに——、ちょいとこの近くを通りかかったんでな」

言葉を濁しながら立ち上がり、

「半の字を待っていても仕方がねえ。おれは先に帰らせてもらうぜ」

といいおいて、直次郎は小屋を出て行った。

夕闇がさらに濃くなっていた。あちこちの家の窓にちらほらと明かりがともりはじめている。箱崎川の河畔の道をゆっくりとした足取りで歩きながら、

（考えてみりゃ、お秀って女も哀れなもんだ）

直次郎はふとそう思った。

五年も連れ添った亭主の乙次郎が、お庭番配下の「里隠れ隠密」だったとは知らずに、いや、知らされずにお秀は乙次郎と死に別れる羽目になったのである。見方を変えれば、小間物行商の仮面をかぶった乙次郎が、死ぬまで女房のお秀を欺《あざむ》きつづけたということにもなる。夫としてこれほどの不実、これほどの裏切りはあるまい。

何も知らぬお秀はそんな不実な夫の死を、身も世もなく嘆き悲しんでいる。それが哀れでならなかった。

第三章　対　決

1

「そろそろ行かなきゃ――」

布団の中で、おゆうがぽつりといった。髪が乱れ、顔がほんのり桜色に上気《じようき》している。

「もう、そんな時刻か」

おゆうの白い胸乳《むなぢ》に顔をうずめながら、西崎兵庫がいった。

「ついさっき、七ツ（午後四時）の鐘が鳴りましたよ」

「まだいいではないか」

いいながら、西崎はおゆうの乳房に脣《くちびる》を這《は》わせた。二人とも一糸まとわぬ全裸である。

ああ……。

おゆうの口から切なげな声が洩《も》れた。西崎がむさぼるように乳首を吸っている。おゆうはかすかにあえぎながら、体を弓なりにそらせた。

華奢《きゃしゃ》な体つきのわりに乳房が大きく、腰まわりの肉《しし》おきもいい。きめの細かい肌は抜けるように白く、象牙《ぞうげ》のようにつややかに耀《かがや》いている。

西崎は乳首を吸いながら、おゆうのはざまに手を差し入れた。ふっくらと盛り上がった恥丘《ちきゅう》は若草のような秘毛におおわれ、つい寸刻前まで西崎の一物《いちもつ》をつつみ込んでいたその部分は、情事の余韻《よいん》を残してしとどに濡れそぼっている。

「あ、ああ——」

絶え入るような声を発してのけぞりながら、おゆうは右手を西崎の下腹に伸ばし、萎《な》えた一物を指先でつまむと、やさしくしごきはじめた。一度精を放って弛《し》緩《かん》した西崎の一物は、おゆうの絶妙な指技でたちまち回復していった。

「こんなに元気になって——」

上目づかいに西崎の顔を見て、おゆうがくすりと笑った。

「我慢がならぬ。もう一度、抱かせてくれ」

西崎がおゆうの耳元でささやくようにいった。

おゆうはこくりとうなずいて目をつぶった。西崎の一物はもう十分に屹立《きつりつ》している。おゆうの手の中からそっとそれを引き抜くと、西崎は上体を起こして膝立《ひざだ》ちになった。

おゆうは布団の上に仰臥《ぎょうが》したまま、放胆《ほうたん》にも両脚を大きく広げている。西崎はおゆうの両足首をわしづかみして高々とかかえあげた。おゆうの尻が大きく浮き上がり、その部分があらわに西崎の眼前にさらされたが、おゆうは少しも羞恥《しゅうち》を感じなかった。むしろ西崎に見られていることに、ある種の快感を覚えていた。

かかえあげたおゆうの両脚を肩にかけると、西崎は怒張《どちょう》した一物の先端を切れ込みにあてがい、その部分を撫《な》でるようにゆっくりと上下させた。

もうそれだけで、おゆうは気が行きそうになっている。薄紅色の切れ込みの奥からじんわりと露がにじみ出て、つーと糸を引くように布団の上にしたたり落ちた。

「兵庫さま、焦《じ》らさないで――」

狂おしげに身をよじりながら、おゆうが口走った。それに応えるように、西崎はおのれの一物をひとしごきして、やや下付きのおゆうの秘孔に、下から突きあげるようにずぶりと突き刺した。猛々《たけだけ》しく隆起した一物は根元まで入った。

「あっ」

と小さな叫びをあげて、おゆうはさらに大きく上体をのけぞらせ、持ち上げられた両脚を西崎の首にからみつかせた。媾合《こうごう》部分がぴたりと密着し、一物を出し入れするたびに淫靡《いんび》な音が立つ。西崎の腰の動きに合わせて、おゆうも激しく尻を振った。一物をつつみ込んだ肉ひだが、まるでべつの生き物のように収縮と弛緩をくり返している。

「あ、ああ、だめ――、お、落ちる。落ちる――」

あられもなく口走りながら、おゆうが狂悶する。西崎は一物を引き抜いて、おゆうの体を反転させた。四つん這いの恰好《かっこう》になる。そこを犬のようにうしろから責め立てた。

「あれ！」

おゆうの体が前にのめった。かまわず西崎はうしろから突き立てる。汗ばんだおゆうの白いうなじに乱れた髪が張りついている。

「あ、だめ——、もうだめです」

白い喉《のど》をそり返らせて、おゆうがあえぎあえぎいった。西崎も限界に達していた。

「お、おれも——、果てる！」

うめくようにいうと、西崎は一気にそれを引き抜いた。

一物の先端から白濁した淫液がドッと放射され、おゆうの背中に飛び散った。

はあー、と大きく息を吐き出すと、おゆうは布団に俯《うつぶ》せになって白い裸身をぐったりと弛緩させた。西崎は両膝をついたまま、肩をゆらして呼吸《いき》を荒らげている。

情事のあとの気だるい沈黙があった。

ややあって、おゆうがゆっくり体を起こして西崎の肩にもたれかかり、ふっと充足の笑みを浮かべた。西崎はおゆうの細い肩を引き寄せると、愛《いとお》しむようにやさしく乳房を愛撫しながら、ささやきかけるようにいった。

「満足したか」

「ええ、とても。——気が触れそうでした」

おゆうが恥じらうように小さな声で応えた。

「おまえは、ふしぎな女だ」

「ふしぎって？」

「抱くたびに深みにはまっていくような、そんな魔力をおまえは秘めている」

「魔力、ですか」

「悪い意味ではない。それだけ奥が深いということだ」

「あたしのほうこそ――」

いいながら、おゆうは西崎の股間に手を差し入れて、萎えた一物をそっとつまみ、

「もう兵庫さまから離れられない体になってしまいました」

「――おゆう」

「ほかの女《ひと》に気を移さないでくださいね」

いたずらっぽい目で西崎をにらむと、おゆうはいきなり立ち上がって、枕辺に脱ぎ散らかした着物を手ばやく身にまといはじめた。

「もう行くのか」

「仕事がありますから」

「それはそうと――」

と西崎も立ち上がって、衣服を身につけながら、

「先日の話はどうなった？」

「え」

「置屋の女将《おかみ》に相談してみるといったが」

「ええ」

おゆうはちょっと困ったような顔をして、

「なかなか切り出せなくて――、でも、そのうち折りをみて、かならず」

「べつに急ぐことはないが、一緒に暮らせるようになれば、それに越したことはない。おたがいに人目を気にする必要もなくなるからな」

「思いきって今夜相談してみます。うちの女将さんも話のわからない人じゃないから、きっと許してくれると思いますよ」

そういうと、おゆうは乱れた髪をさっと手でかきあげて、

「じゃ、また」

と、せわしなげに部屋を出て行った。

いつの間にか、西の障子窓を赤々と染めていた残照《ざんしょう》が消えて、部屋の中にほの暗い闇がしのび込んでいた。

西崎は、遠ざかって行くおゆうの駒下駄《こまげた》の音を聞きながら、部屋のすみの壁に立てかけてあった大小を腰に差して背を返した。ちかくの一膳《いちぜん》めし屋で夕食をとろうと思ったのである。部屋を出ようとした、そのとき、

「ごめん」

玄関で野太い男の声がした。聞き慣れない声に、一瞬、西崎は警戒の色を浮かべたが、気を取り直してゆっくり玄関に足を向けた。

表からわずかに差し込む残光を背に受けて、土間に長身の町方同心《どうしん》が立っていた。

「貴殿は」

と西崎は意外そうな顔で見た。仙波直次郎である。

「先日は家内が大変お世話になりました。遅ればせながら家内に代わって、わたしが御礼《おんれい》に参上いたしました」

直次郎は丁重《ていちょう》に頭を下げた。

「それはごていねいに」

「お礼のしるしといっては何ですが、よろしければ、一献《いっこん》いかがでしょうか」

「いえ、そんなお気づかいは――」

「大したおもてなしはできませんが、このちかくに一席設けましたので、ぜひ」

文字どおり三拝九拝《さんぱいきゅうはい》の態《てい》で低頭する直次郎に、西崎もさすがに断りきれず、

「せっかくのおさそいですから」と、さそいに応じた。


二人が向かったのは、浅草阿部川町の西崎の家からほどちかい、東本願寺前《ひがしほんがんじまえ》の門跡《もんぜき》通りに面した『葛屋《くず》』という老舗《しにせ》の料亭だった。

『葛屋』は直次郎が定町廻りをつとめているころによく利用した店で、老舗ののれんを誇っているわりに、さほど値段は高くなかった。

西崎の家をたずねる前に、座敷を予約しておいたので、店に入るとすぐに二人は二階の座敷に通された。そこにはすでに酒肴《しゅこう》の膳部《ぜんぶ》もととのっていた。

「まま、どうぞ」

着座するなり、直次郎は西崎の盃に酒を注《つ》いで、

「その節はほんとうにお世話になりました。あらためて御礼申しあげます」

「いえ、このような丁重なおもてなしを受けて、かえって恐縮です。――その後、奥方のお体の具合は？」

「おかげさまで、すっかり元気になりました」

「そうですか。それはよかった——。では遠慮なく」

と盃に注がれた酒を、西崎はうまそうに呑《の》みほした。数杯酌み交わしたところで、

「ところで」

と直次郎が話題を西崎に振り向けた。

「西崎さんはどちらのご出身で？」

「奥州棚倉です。事情《わけ》あって一年前に藩を致仕《ちし》して江戸に出てきました。いまは見てのとおり浪々《ろうろう》の身です」

西崎は口元に自嘲《じちょう》の笑みを浮かべたが、その物いいも態度も毅然《きぜん》としていて、落魄《らくはく》の身を卑下《ひげ》しているようには決して見えなかった。

「仕官をなさるおつもりは？」

「もちろんありますよ。しかし時世が時世ですから、江戸で仕官の途《と》を得るのはなかなか——」

「大名家の台所も火の車ですからねえ」

「仙波さんは、南の御番所におつとめだそうですね」

「はい。『両御組姓名掛《りょうおくみせいめいがかり》』をつとめております。役職名はいかにも仰々《ぎょうぎょう》しいん

ですが、ま、一言でいえば閑職ですよ」

「ご謙遜《けんそん》を」

酒が進むうちに打ち解《うと》けた雰囲気《ふんいき》になり、しばらく雑談になった。西崎は酒がつよい。すでに五本の銚子が空《あ》いていたが、顔色一つ変えず淡々と呑みつづけている。

「あ、そう、そう」

ふと思いついたように、直次郎がふところに手を入れて、

「わたしの顔なじみの岡《おか》っ引《ぴき》が、柳原の土手下でこんなものを拾ってきたんですがね」

と差し出したのは、例の印籠《いんろう》だった。

剝《は》げた黒漆《くろうるし》にうっすらと剣形六葉《けんがたろくよう》の金紋が浮いている。それを見た瞬間、西崎の目にキラリと険《けわ》しい光が奔《はし》ったのを、直次郎は見逃さなかった。と同時に、西崎も阿片《あへん》一味の仲間ではないかという疑念がわき起こった。

「この印籠は、西崎さんのものでは——?」

一拍の沈黙のあと、西崎の顔にふっと笑みが洩れた。

「——偶然ですね」

「………」

　直次郎は無言で見つめている。

「その印籠は三日前に両国《りょうごく》の広小路で掏《す》られたものです」

「掏られた？」

「古い物なのであきらめていたのですが、まさか仙波さんの手に渡っていたとは——」

「しかし、なぜそれが柳原の土手下に？」

「価値のない物とみて、掏った者が捨てたのでしょう」

「なるほど」

「それにしても、じつに奇妙なめぐり合わせですな」

「たしかに——」

　直次郎がうなずいた。

「家内を助けてくれたこの印籠が、めぐりめぐってわたしの手に渡り、ふたたび西崎さんの手にもどるとは、奇縁というか、何かの因縁を感じざるを得ませんな」

「世の中にはふしぎなことがあるものです」

笑いながら、西崎は印籠を受け取ってふところにねじ込んだ。

2

――まずいことになった。

夜道を歩きながら、西崎兵庫は腹の中で苦々しくつぶやいていた。

料亭『葛屋』からの帰途である。

西崎が印籠を落としたことに気づいたのは、柳原の土手下でお庭番《にわばん》配下の隠《おん》密《みつ》・乙次郎を斬った翌日だった。気づいた瞬間、西崎は総身《そうみ》の毛が逆立つほどの戦慄《せんりつ》を覚えた。

しかし冷静に考えてみると、あの印籠と自分とをむすびつける証《あかし》は何もない。

そう思ってひとまず安堵《あんど》の胸を撫で下ろしたところへ、仙波直次郎が現れたのである。

(まさか、あの男の手に渡っていたとは――)

まさに青天の霹靂《へきれき》だった。

直次郎は、殺害現場に落ちていた印籠が、西崎の物であることを知っている唯一の人物である。もしそのことを一言でも奉行所の人間に洩らすようなことがあれば、西崎の身に探索《たんさく》の手が迫るのは火を見るより明らかだった。

「あの印籠は掏られたものだ」

と西崎はいい逃れたが、果たして直次郎がその嘘を信じたかどうか。一見したところ茫洋《ぼうよう》とした風貌をしているが、

「掏られた印籠が、なぜ柳原の土手下に落ちていたのか」

と反問したときの直次郎のするどい目つきは、ただ者のそれではなかった。明らかに西崎の嘘を見抜いた目だった。

とはいえ、仙波直次郎には西崎に妻を助けられたという恩義がある。自分から奉行所の廻《まわ》り方《かた》に差口《さしぐち》（密告）をするような真似はしないだろう。だが、何かのはずみにうっかり口をすべらせるという可能性は否定できない。しょせんあの男も幕府の役人なのだ。

——斬るか。

西崎の目に冷徹な光がよぎった。

万一、仙波直次郎の口から印籠の一件が洩れ、お庭番の耳に入るようなことになれば、西崎のみならず同志の室田や高杉の身にも危難がおよぶ。それを事前に

阻止《そし》するためにも情を捨てて、あの男は斬らねばならぬだろう。

思案をめぐらしているうちに、いつの間にか阿部川町の路地を歩いていた。家の前まできたところで、西崎はふいに立ちどまり、不審《ふしん》げな目を前方の闇にこらした。居間の障子《しょうじ》にほんのりと明かりがにじんでいる。

西崎は油断なく刀の柄《つか》に右手をかけて、玄関に足を踏み入れ、

「高杉か」

と奥に声をかけた。

「わしだ」

居間のほうから、低いだみ声が返ってきた。室田庄九郎の声である。西崎は緊張した表情をふっとゆるめて廊下にあがった。

室田は台所から勝手に酒を持ってきて、手酌で呑んでいた。

「どこへ行っていた？」

「このちかくで夕飯を――」

「おぬしも呑むか」

室田が貧乏徳利をかざした。うなずいて西崎は台所から湯呑みを持ってきた。

それにゴボゴボと酒を注ぎながら、室田が意味ありげな笑みを浮かべて、

「おぬしもすみにおけぬ男よのう」

と、つぶやくようにいった。

「何のことですか」

「女がいるだろう」

「え」

虚《きょ》を突かれたような顔になった。

「隠してもわかる。女の匂いがするぞ」

「い、いえ、じつは、その――」

気まずそうに口ごもる西崎を見て、室田は大口を開けて呵々《かか》と笑った。

「まあよい。おぬしほどの男っぷりなら、女の一人や二人いてもふしぎではないし、むしろ、いたほうが世間の目をたばかれる。気がねせずにその女とはよろしくやってくれ」

「恐れ入ります」

照れ笑いを浮かべながら、湯呑みの酒を呑みほすと、西崎は急にあらたまった顔で、

「で、わたしに用向きというのは？」

「べつに用事はない。おぬしに礼をいいにきただけだ」

「礼、と申されると？」

「おぬしが公儀の密偵を斬ってくれたおかげで、仕事がやりやすくなった。さっそく高杉が動き出したぞ」

顔を寄せて、室田が小声でいった。留守中にかなり呑んだらしく、吐く息が酒臭い。

「何か手掛かりでも？」

「ああ、藩邸に出入りしている御用商人の中でも、とりわけ菱川が懇意《こんい》にしている商人がいるらしい」

「麻布の中屋敷に頻繁に出入りしているというのは、その商人ですか」

「おそらくな」

「何者なんですか、その男は？」

「それをいま、高杉が調べているところだ」

そういって、室田は貧乏徳利の酒を茶碗に注ごうとしたが、すでに空《から》になっていた。

そのころ、高杉平馬は赤坂表伝馬町《あかさかおもてでんま》二丁目の路地角に身をひそめて、道をへだてた斜向《はす》かいの商家に目を光らせていた。

表伝馬町は、赤坂御門の外広小路《そとひろこうじ》の南西にある町屋だが、隣接する赤坂田町《たまち》の溜池端《ためいけ》に「麦飯《むぎめし》」と呼ばれる娼家や茶屋、小料理屋などが立ち並ぶ盛り場があるため、夜になっても人の往来が絶えなかった。ちなみに「麦飯」とは、物の書によれば、

「吉原の遊女を〝米《よね》〟といい、それより劣《おと》れりとの意にて命名せられしもの」

とあり、古く、元禄《げんろく》のころからあったという。

高杉が張り込んでいる商家は、表通りに面した間口七、八間（約十二・七〜十四・五メートル）、二階建て桟瓦葺《さんがわらぶ》きの重厚な店構えで、破風《はふ》造りの屋根に『唐物屋《とうぶつや》・翠泉堂《すいせんどう》』の木彫り看板がかかげられている。

張り込みをはじめてから、すでに半刻（一時間）がたとうとしていた。

『翠泉堂』の大戸は下ろされていて、人の出入りする気配もなく、ひっそりと静まり返っている。不審な様子はまったく感じられなかった。

（店の裏に廻ってみるか）

そう思って歩を踏み出そうとしたとき、ふいに高杉の目がきらりと動いた。

赤坂御門のほうから一挺《ちょう》の駕籠《かご》が走ってきたのである。じっと闇に目をすえていると、駕籠は『翠泉堂』の店先でとまった。それを待ち受けていたように、大戸のくぐり戸がかすかなきしみを立てて開き、袱紗《ふくさ》包みを下げた初老の小柄な男がこっそりと姿を現した。『翠泉堂』のあるじ・惣兵衛《そうべえ》である。

惣兵衛が駕籠に乗り込むのを見届けると、高杉はひらりと身をひるがえして路地角から飛び出し、走り去る駕籠のあとを追った。

赤坂表伝馬町の南に弓なりに曲がる坂道がある。「皀角《さいかち》坂」、あるいは「牛啼《うしなき》坂」と呼ばれる勾配《こうばい》のゆるい坂で、この坂を上ると青山《あおやま》である。

惣兵衛を乗せた駕籠は、やがて青山から麻布方面へと進路を変えた。

赤坂・麻布界隈は、台地と谷間が複雑に入り組んだ地形になっており、やたらに坂が多く、坂の上の台地が武家屋敷街、坂の下の低地帯が町屋になっている。

駕籠が走っているのは、青山から飯倉《いいぐら》へとつづく六本木《ろっぽんぎ》通りである。通りの右側には大名の中屋敷や旗本屋敷、幕臣の組屋敷などが立ち並び、左側には雑木林がつらなっている。

ほどなく前方に白壁の長大な塀が見えた。奥州棚倉藩の中屋敷の塀である。屋敷の敷地内には、中屋敷と下屋敷が隣接しており、その面積はおよそ四万八千八百七十坪。途方もなく広大な敷地である。

駕籠は中屋敷の表門の前でとまった。駕籠を下りた惣兵衛は、長屋門の面番所の窓に低く来意を告げ、大扉のわきのくぐり扉を押して中に入って行った。

そこから十数間離れた老杉《ろうさん》の陰に身をひそめて様子を見ていた高杉が、惣兵衛の姿が門内に消えるのを見定めて背を返そうとした、その瞬間、

「待て」

突然、背後でくぐもった声がした。思わず振り返ると、闇の中に黒影が三つ、うっそりと立ちはだかっていた。いずれも肩幅の広い屈強《くっきょう》の武士で、一人は羽《は》織袴《おりはかま》姿、二人は無羽織である。

高杉は反射的に刀の柄に手をかけて、二、三歩あとずさった。

「貴様、そこで何をしていた？」

羽織の武士が居丈高《いたけだか》な声を発した。三十なかばの陰気な目つきをした男である。

「べつに――」

と、かぶりを振って、高杉は羽織の武士に冷ややかな視線を送った。

「知人の屋敷をたずねての帰りだ。おぬしたちに詮索《せんさく》されるいわれはない」

「とぼけるな。貴様、国家老《くにがろう》の犬ではないのか」

「さて、何のことやら——。先を急ぐので、ごめん」

と踵《きびす》をめぐらした刹那《せつな》、

「斬れ！」

甲高《かんだか》い下知《げじ》が飛んだ。振り向くと同時に、高杉は上段から降りかかってきた刀《とう》刃《じん》を、抜き合わせた刀ではね上げ、すぐさま横に跳んで二人目の斬撃《ざんげき》に備えた。

だが、二の太刀はこなかった。斬り込むと見せかけて、一人が背後に廻り込んだのである。高杉は体をひねって右半身《はんみ》に構えた。

前に二人、背後に一人。それぞれ三間（約五・四メートル）の間合いを取って、刀を中段に構えている。

その構えから、三人がかなりの手練《てだれ》であることは、高杉にもわかった。すさまじい殺気と圧迫が前後から迫ってくる。

——勝ち目はない。

高杉は死を覚悟した。なまじ捕らえられて、拷問《ごうもん》にかけられるよりは死を選ぶべきだと思った。次の瞬間、地を蹴《け》って正面の二人に猛進した。刀は上段に構えている。

不意をつかれて、二人は左右に跳んだ。そこにできたわずかな空間を走り抜けながら、高杉は上段に振りかぶった刀を、羽織の武士めがけて袈裟《けさ》に斬り下ろしていた。

キーン。

鋼《はがね》の音が錚然《そうぜん》とひびいた。

羽織の武士が横に跳びながら、斬り下ろしてきた高杉の刀を、渾身《こんしん》の力で上から叩きつけたのである。その勢いで高杉の刀の切っ先は地面に突き刺さり、はばき（鍔元《つばもと》）から五寸（十五・二センチ）ほどのところでポッキリと折れた。地面に突き刺さった切っ先が、梃子《てこ》の支点の作用をしたのである。

あわてて脇差《わきざし》を引き抜こうとしたところへ、すかさずもう一人が横薙《な》ぎの一刀を送りつけてきた。うなりをあげて横に迸《はし》った刃は、高杉の腹を深々と斬り裂いていた。

どっと音を立てて血が噴きこぼれ、斬り裂かれた腹から白い内臓《はらわた》が飛び出した。

さらに背後の一人が、とどめの一撃を高杉の背中に突き刺した。いったん前のめりに崩れかけた高杉の体が、その一撃で大きくそり返り、仰向けに転がった。

気息《きそく》の音《ね》も立てず、高杉は絶命した。

羽織の武士が鍔音《つばおと》を鳴らして刀を鞘《さや》におさめながら、地面に転がっている高杉の死骸《しがい》を冷ややかに見下ろして、

「死骸を片づけろ」

と命じた。

はっとうなずいて、二人の武士も刀をおさめ、高杉の手足を取ってずるずると闇のかなたに引きずり去って行った。


「ご家老――」

その声に振り向いたのは、五十がらみの恰幅《かっぷく》のよい武士――奥州棚倉藩江戸家老の菱川監物である。髪に白いものが混じっているが、眉《まゆ》は黒々と濃く、脂《あぶら》ぎった顔が燭台《しょくだい》の明かりを受けててらてらと光っている。

「大庭《おおば》か。入れ」

「はっ」

重い金泥《きんでい》の襖《ふすま》が静かに引き開けられ、先ほどの羽織の武士が、威儀《いぎ》をととのえて入ってきた。江戸定府《じょうふ》の徒目付頭《かちめつけがしら》・大庭典膳《てんぜん》である。

「どうした？」

「たったいま、不審な浪人者を斬り捨ててまいりました」

「浪人者？」

と訊き返す菱川に、大庭はかるくうなずきながら、酒肴の膳部をはさんで菱川に向かい合っている惣兵衛にちらりと視線を流して、

「そこもと跟《つ》けられていたようだぞ」

「手前が——！」

惣兵衛はしわのように細い目を精一杯見開いておどろいて見せたが、大庭はそれを無視してふたたび菱川に向き直った。

「その浪人者、国元《くにもと》を出奔《しゅっぽん》した三名のうちの一人ではないかと」

「そうか。やはり、あのうわさ事実《まこと》であったか」

あごの下の贅肉《ぜいにく》をぶるぶると震わせて、菱川がうめくようにいった。

室田庄九郎、西崎兵庫、高杉平馬の三名が脱藩して姿を消したという情報は、すでに十日前に大庭の耳にも入っていたし、彼らが国家老・本多清左衛門の意を受けた密偵であることも、うすうすはわかっていたのだが、江戸定府の大庭とその三名とは一面識《いちめんしき》もなく、所在を探し出す手がかりさえつかめなかった。

そこで思いついたのは、『翠泉堂』の惣兵衛に配下の徒目付を張りつけておいて、敵が動き出したところを捕捉しようという作戦だった。

もっともこの作戦は、にわかに思い立ったのではない。去年の暮れ、国家老の本多清左衛門が差し向けた二人の目付の素性をあぶり出したときにも同じ手を使い、まんまと成功しているのである。その二人は大庭と配下の徒目付によって斬殺され、この中屋敷の広大な敷地の一角にいまも眠っている。

「それにしても――」

と酒杯を口に運びながら、菱川が吐き捨てるようにいった。

「本多清左衛門め、性懲《しょうこ》りもなくようやりおるわい。いったい、このわしに何の怨《うら》みがあるというのだ」

「怨みというより、菱川さまのご栄進をねたんでのことでございましょう」

惣兵衛が追従《ついしょう》笑いを浮かべていった。

「やくたいもない」

口の端《は》に薄い笑いをきざむと、菱川は惣兵衛を見て急に目をすえた。

「それより『翠泉堂』、本多が差し向けた密偵は、まだ二人いる。くれぐれも用心を怠《おこた》るでないぞ」

「それはもう重々――」

慇懃《いんぎん》に頭を下げながら、惣兵衛は持参してきた袱紗包みをおもむろに開き、切《きり》餅《もち》四個（百両）を菱川の膝元にうやうやしく差し出した。

「遅くなりましたが、これは先月ぶんの上納金でございます」

「ほう、先月はだいぶ売り上げがあったようだな」

菱川の顔に卑《いや》しい笑みがこぼれた。

「おかげさまで、月々、うなぎ昇りに――。さて、手前はそろそろ」

と一礼して腰を浮かせる惣兵衛に、

「まだよいではないか。帰りは大庭に送らせる。ゆるりと呑んでゆくがよい」

上機嫌で、菱川は引き止めた。

3

昼をすぎたころから、急速に黒雲が江戸の空をおおいはじめ、やがて激しい吹き降りになったが、七ツ（午後四時）ごろにはその雨も小降りになっていた。

仙波直次郎は、用部屋の小窓を開けて、恨めしそうに灰色の空を見上げた。

雨はまだ降りつづいている。いつもならもうとっくに家路についている時刻なのだが、この雨では帰りたくても帰れなかった。

窓の外の雪柳《ゆきやなぎ》の花が、雨に濡れて純白の輝きを放っている。それをぼんやり眺めながら、しばらく待ってみたが、雨は一向にやむ気配がなかった。

「この調子じゃ、とうぶん、やみそうもねえな」

つぶやきながら、直次郎は用部屋を出て、奥の小者《こもの》部屋に向かった。

分厚い杉の遣戸《やりど》を引き開けて部屋の中をのぞき込むと、土間の片すみで三人の小者が茶をすすっていた。その一人に直次郎は気安げに声をかけた。

「勘七《かんしち》、すまねえが、余ってる傘があったら貸してくれねえか」

「へい」

勘七と呼ばれた四十年配の小者は、はじけるように立ち上がって、部屋の奥の物入れから、埃《ほこり》をかぶった古い番傘《ばんがさ》を持ってきた。開いてみると骨が二、三本折れていたが、傘の紙は破れていなかった。まだ十分に使えそうである。

「じゃ、こいつを借りて行くぜ」

「古い傘ですから、使い終わったら、うっちゃっておいても結構です」

と小者はいった。

その番傘をさして、直次郎は奉行所をあとにした。用部屋で雨があがるのを待っていたために、いつもより半刻（一時間）ほど遅い退勤になった。

つい寸刻前までしとしとと音を立てて降りしきっていた雨も、奉行所を出るころには煙るような霧雨《きりさめ》に変わっていた。あいかわらず上空には鉛《なまり》色の雲がどんよりと垂れ込め、あたりは薄暗い。早々と明かりを灯《とも》している家も散見できた。雨に濡れた町並みは、しっとりと落ちついていて、それなりの風情《ふぜい》がある。

――春の雨も悪くねえ。

そう思ったとたん、なぜか直次郎の心が浮き立った。しばらく鳴りをひそめていた〝遊びの虫〟が蠢動《しゅんどう》しはじめたのである。

（ひさしぶりに『卯月《うげつ》』に立ち寄ってみるか）

『卯月』とは、直次郎が定町廻りをつとめていたころ、三日にあげず通いつめていた柳橋の船宿である。お勢《せい》という気風《きっぷ》のいい女将《おかみ》がいて、うまい肴《さかな》と極上の酒を出してくれるが、それよりも何よりも『卯月』に行けば、五年来のなじみの芸者・お艶《えん》がすぐに飛んできてくれるのだ。直次郎の目当てはそのお艶なのである。

鍛冶《かじ》橋から呉服《ごふく》橋、日本橋を経由して、浜町堀《はまちょうぼり》にさしかかったころには、もうすっかり四辺は薄闇に領《りょう》されていて、堀端を往来する人影もほとんど絶えていた。

浜町堀に架かる汐見《しおみ》橋を渡りかけたところで、直次郎はふと一方に目をやった。

橋のたもとの楓《かえで》の老樹の根方《ねかた》に、雨に打たれて濡《ぬ》れねずみになった男が、死んだようにぐったりとうずくまっている。一見して人足《にんそく》ふうの男である。

直次郎は歩み寄って、男の顔をのぞき込んだ。歳のころは三十四、五、顔色は病的に蒼く、頬《ほお》がげっそりと削《そ》げ落ち、半開きの目がうつろに宙を見すえている。

「どうした? 具合でも悪いのか」

声をかけてみたが、何の反応もなかった。かすかに肩がゆれているところをみると死んではいない。口からよだれを垂らしている。口臭とも体臭ともつかぬ饐《す》えた異臭が、男の体からただよってきた。その異臭を嗅《か》いだとたん、

「ちっ」

と苦々しく舌打ちして、直次郎は足早に汐見橋を渡って行った。

男が阿片の常習者であることは疑うまでもなかった。

例繰方《れいくりかた》の米山兵右衛の話によると、このところ阿片中毒者と思われる行き倒れが、毎日四、五人はあちこちの番屋に運び込まれてくるという。

それほど市中に阿片が蔓延《まんえん》しているというのに、南町奉行所はあいかわらず手をこまねいたまま動こうとはしない。まさに野放し状態である。いまごろ、この闇のどこかで阿片密売一味は高笑いしているにちがいない。

そういえば、お庭番配下の隠密・乙次郎が跟けていたのは、阿片密売人の喜左次という男だった。その喜左次も乙次郎に尾行された翌日、何者かに口を封じられた。直次郎自身がそれを目撃しているのである。

――ひょっとしたら、

という思いが、直次郎の胸中に卒然《そつぜん》としてわき立った。

――喜左次殺しも、西崎兵庫の仕業《しわざ》ではないか。

これは直次郎の直感である。

先夜、浅草の料亭『葛屋』で西崎兵庫と酒を酌み交わしたとき、直次郎は乙次郎殺しの下手人《げしゅにん》が西崎であることを確信した。殺しの現場に落ちていた印籠が、

「価値のない物だから捨てられたのだろう」

という西崎のいいぶんは、どう考えても不自然だった。印籠を掏り取るほどの

技を持った掏摸《すり》なら、一目で価値のある物かどうかわかるはずだ。明らかに西崎はおのれの犯行を糊塗《こと》するために嘘をついたのである。

西崎が阿片密売一味の仲間であることは、もはや疑いの余地がなかった。仕官の途《と》をあきらめた西崎が、浪人暮らしの糊口《ここう》をしのぐために、阿片密売一味の手先となったと考えれば何もかも平仄《ひょうそく》が合うのだが、

（それにしても……）

と直次郎は思う。酒を酌み交わしているときの西崎は、金で武士の魂を売るような男には見えなかった。しかも西崎は妻・菊乃の難儀を助けてくれた恩人でもある。菊乃が受けた恩義のために、西崎の非道を黙って見過ごすか、それともおのれの良心にしたがって西崎を膺懲《ようちょう》するか。

直次郎の心の中で烈《はげ》しい葛藤《かっとう》が起きていた。

霧雨はまだ降りつづいている。

気がつくと、直次郎は柳橋を渡って、神田川の土手道を歩いていた。

白く降りけむる霧雨の向こうに、『卯月』の軒行灯《のきあんどん》の灯《ひ》がぼんやりとにじんで見えた。

「いらっしゃいませ」

引き戸を開けたとたん、女将のお勢の闊達《かったつ》な声が飛んできた。

「めずらしく、ひまそうだな」

戸口で番傘の雨滴をはらいながら、直次郎がいった。いつもなら土間の奥の畳部屋に、吉原《よしわら》通いの猪牙舟《ちょきぶね》を待つ遊女が五、六人たむろしているのだが、この日にかぎって一人も姿が見えなかった。

「この雨ではねえ」

と、お勢は吐息を洩らして、直次郎を二階座敷に案内した。

「あいにくお艶さんはほかの座敷に出てましてね」

「遅くなりそうか」

「と思いますけど――、なんでしたら、ほかの妓《こ》を呼びましょうか」

「そうだな。一人で酒を呑むのも味気ねえし、うん、頼もうか」

「じゃ、すぐ呼んでまいります」

お勢が出て行って、ほどなく酒肴の膳部が運ばれてきた。しばらく手酌でやっているとと階段に足音がして、「失礼いたします」と女が入ってきた。

「お初《はつ》にお目《め》もじいたします。おゆうと申します」

女の顔を見て、直次郎はハッと息を呑んだ。どこかで見たような顔である。

（そうか）

すぐに思い出した。先日、浅草阿部川町の西崎兵庫の家をたずねた折り、西崎の家のちかくの路地ですれちがった若い女だった。ほのかな残光の中で見た女の白い顔と、目の前にいる女の顔が直次郎の目の中で一つに重なっていた。

（まちがいねえ。あのときの女だ）

だが、この女が西崎の情婦《いろ》であることを、むろん直次郎は知るよしもなかった。

「どうぞ」

膳の前ににじり寄って、おゆうがぎこちない手つきで酌をした。直次郎はまぶしそうな目でおゆうの顔をちらちらと見ながらいった。

「まだ日が浅そうだな」

「え」

「いつから座敷に出てるんだ？」

「去年の暮れからです。まだ三月《みつき》もたっていません」

おゆうが消え入りそうな声で応えた。

「『卯月』の座敷ははじめてか？」

「いいえ、今日が二度目です」

「おまえさんほどの器量なら、あっちこっちの船宿から引っぱりだこだろう」

「いいえ、そんな──」

かぶりを振りながら、おゆうはポッと顔を赤らめた。

それっきり会話が途切れ、なんとなく白々《しらじら》しい沈黙がつづいた。

正直なところ、直次郎はこの手の初心《うぶ》な女は苦手である。どちらかといえば、打てばひびくような俠《きゃん》な女が好みだった。どうせ酒席にはべらせるなら、少々蓮《はす》っ葉《ぱ》でも、そういう女のほうが座が盛り上がるし、こちらが気を使わなくても済むからだ。

とはいえ、座敷に出てまだ三月足らずのおゆうに、それを求めるのも酷《こく》だと思った。

（新米芸者だから仕方がねえ）

と思いつつ、他愛ない世間話で間《ま》をつなぎながら、小半刻（約三十分）ほどかけて二本の銚子を呑みほすと、直次郎は適当な口実を作って席を立った。

「あら旦那、もうお帰りですか」

階段を下りてきた直次郎を見て、女将のお勢がけげんそうに声をかけた。

「今夜はどうも酒が進まねえ。また出直してくるぜ」

「お気に召しませんでした？」

「いや」

「おゆうさん。歳も若いし、器量もいいし、旦那の好みだと思ったんですけどねえ」

「ま、悪くはねえが、おれにはちょっと青すぎるかもしれねえな」

「ふふふ、旦那も見る目がありませんねえ」

意味ありげに笑いながら、お勢がそういうと、直次郎はややムッとなって、

「見る目がねえだと？」

「見かけほど青くはないんですよ、あの妓。ちゃんといい人がいるんですから」

「ほう、男がいるのか」

「くわしいことは、わたしもよく知りませんけど、奥州から出てきたご浪人さんですって」

「ふーん」

気のない顔でうなずくと、直次郎は戸口に歩み寄って引き戸を開け、気がかり

な目で夜空を見上げた。霧雨がやんで、雲の切れ間から月明かりが差している。

「おう、雨はやんだか」

「傘はどうします？」

「そんなボロ傘にはもう用はねえ。どっかにうっちゃっといてくれ」

いいおいて、直次郎は雨あがりの闇の中にふらりと足を踏み出して行った。

4

雨あがりの湿気をふくんだ夜風が、妙に生温かかった。

二月も余すところ、もうわずかである。来月は弥生《やよい》三月。向島《むこうじま》の桜もそろそろ咲きはじめるだろう。日を追うごとに春の足音が高まってくる。

柳橋から神田川沿いの土手道を歩きながら夜風に当たっているうちに、酔いがすっかり醒《さ》めて、直次郎はなんとなく中途半端な気分になっていた。酒の量も半端だったし、お艶に会えなかったことも心のこりだった。何かすっきりしない、もやもやとしたものが胸の奥に立ち込めている。

（どこかで呑み直すか）

そう思って土手を下りかけたとき、前方の闇の中から突然、ぬっと人影が現れた。

思わず立ち止まって、直次郎はその影に目をこらした。

つかつかと大股に歩み寄ってきた人影が、雲間《くもま》から差し込む月明かりの中にくっきりとその姿を現した瞬間、直次郎はハッと息を呑んだ。

「あんたは——」

西崎兵庫が思いつめた表情で仁王《におう》立ちしている。

「偶然ですな、こんなところで行き合うとは」

「偶然ではない。おぬしの帰りを待っていたのだ」

「え」

西崎の右手が刀の柄にかかっているのを見て、直次郎は瞬時に西崎の意図を察した。

「そうか。やはり、あんたが乙次郎を——」

西崎の目に殺意がよぎった。

「不本意ながら、おぬしを斬らねばならぬ」

「そんな予感がしてましたよ。いずれ、このときがくるだろうと——」

いいながら、直次郎は右足《うそく》を引いて腰を低くした。居合《いあい》抜きの構えである。

「抜け」

と西崎が低くいった。

「その前に訊《き》きたいことがある」

「………」

西崎は微動もせずに、暗い眼差しで直次郎を射すくめている。

「弥之助という〝古骨買い〟を斬ったのも、あんたか？」

「いかにも」

「喜左次という阿片の売人は？」

「喜左次？　いや、知らんな」

「この期《ご》におよんで、まだ白《しら》を切るつもりか」

「何のことかよくわからんが、これ以上、おぬしといい争うつもりはない」

西崎の右手が動いた。刀の鯉口《こいぐち》を切っている。

直次郎は腰を低くしたまま、両手をだらりと下げた。心抜《しんぬき》流居合術の「無構《むがま》えの構え」である。それを見て、西崎がゆっくり刀を抜き放ち、上段に構えた。一分《いちぶ》の隙《すき》もないみごとな構えである。

左右に足をすりながら、西崎がじりじりと間合いを詰めてくる。上段に構えた刀にすさまじい気迫がこもっている。直次郎は息苦しいほどの圧力を感じた。

——並みの遣い手ではない。

そう思った瞬間、直次郎の背筋に、戦慄に似た冷たいものが奔った。

西崎は両足をすりながら、ほんのわずかずつ間合いを詰めている。距離を詰めるというより、打ち込みの間合いを測るためのすり足であることは、直次郎にもわかっていた。

四間（約七・二メートル）ほどの間合いをおいたまま、少時、無言の対峙がつづいた。

上段に構えた西崎の剣尖《けんせん》がわずかにゆらぎはじめた。圧迫を加えても微動だにしない直次郎に焦れてきたのだろう。剣尖のゆらぎに、直次郎は西崎の心の動きを読んだ。

西崎がさらに間合いを詰めてきた。

およそ三間、と感じたとき、音もなく西崎の体が宙に躍《おど》った。刃うなりをあげた刀が、すさまじい勢いで頭上に降りかかってくる。

しゃっ！

直次郎の刀が鞘走った。

抜き合わせると同時に、横に跳んで身を沈めた直次郎の肩に、西崎の刀が振り下ろされた。ほぼ相討ちのように見えたが、振り下ろした西崎の刀は直次郎の肩をかすめ、わずかに流れた西崎の籠手《こて》を薙いだ直次郎の刀が、紙一重の差で速かった。

ほとばしる血とともに、西崎の刀が宙にきらりと舞った。

右手首から血をしたたらせ、西崎が茫然《ぼうぜん》と立ちつくしている。

「なぜだ？」

うめくように、西崎がいった。

直次郎は刀をだらりと下げたまま棒立ちになっている。

「おぬしほどの腕ならひと思いに殺せたはずだ。なぜ殺さなかった？」

「…………」

応えずに、直次郎は無言で刀を鞘におさめた。

「おれに恩義があるからか」

「それもある」

「情けは無用だ。斬れ」

「ここであんたを斬れば、阿片密売一味の正体が闇に葬られる」

「阿片密売一味？」

右手首の傷を押さえながら、西崎がいぶかる目で訊き返した。

「おぬしは何か勘ちがいしているようだな」

「………」

直次郎は意外そうに見返していった。

「――密売一味とは関わりがないというのか」

「何のことかよくわからん。くわしい事情《わけ》を聞かせてくれ」

西崎の顔から殺気が引いている。足元に転がっている刀を拾いあげようともせず、探るような目でじっと直次郎を見すえた。少しの間《ま》をおいて念を押すように直次郎が訊いた。

「もう一度訊くが、本当に阿片一味とは関わりがないのか」

「おれのほうが知りたいぐらいだ」

「そうか。そのへんで酒でも呑みながら話そう。手の傷は大丈夫か？」

「大事ない」

といって、西崎は懐中《かいちゅう》から手拭《てぬぐ》いを取り出して右手首の傷に巻きつけると、足元に転がっている刀を拾いあげて納刀した。

二人は土手を下りて河岸通りを突っきり、平右衛門《へいえもん》町の路地に足を向けた。路地の奥の暗がりに、ポッンと小さな灯が見えた。煮売屋《にうり》の提灯《ちょうちん》の明かりである。

直次郎が先に立ってその煮売屋に入った。

柱の掛け燭《かしょく》がぼんやり店の中を照らし出している。つい先ほどまで雨が降っていたせいか店は空《す》いていた。客は近所の職人ふうの男が二人だけである。

一歩遅れて入ってきた西崎を奥の席にうながすと、直次郎は店のあるじに燗酒《かんざけ》二本を注文し、肴は適当に見つくろってくれといって腰を下ろした。

酒と肴はすぐ運ばれてきた。

「まず、おれのほうから訊きたいことがある」

西崎の猪口《ちょこ》に酒を注ぎながら、直次郎が小声でいった。

「あんた、本気でおれを斬るつもりだったのか」

「ああ、本気だった。おぬしには乙次郎殺しを見抜かれた。奉行所に注進されたら、おれは江戸にいられなくなる。そうなれば大事な任務を果たせなくなるからだ」

「大事な任務、というと?」

「子細《しさい》は明かせぬが——」

猪口を口に運びながら、西崎がためらうようにいった。

「主家《しゅか》を守る任務、とだけいっておこう」

「わからんな。藩を致仕して浪々の身になったあんたが、なぜ——?」

「それはいえぬ」

「おれが信用できんのか」

「おぬしも幕府の役人だからな」

「そいつは買いかぶりだぜ」

直次郎は一笑に付《ふ》し、わざと伝法《でんぽう》な口調でいった。

「身分は御家人でも、町方役人なんざ、侍のうちにも入らねえ下《した》っぱなのさ」

「それより、阿片密売一味とは、いったいどういうことなのだ?」

「その前に——」

ぐびりと酒を喉に流し込んで、直次郎がいった。

「念のために訊いておくが、小間物売りの乙次郎がお庭番配下の隠密だったということを承知の上で、あんたは斬ったのか」

「もとより」

「だがな、西崎さん。あの男が追っていたのは、喜左次って阿片の売人だったんだ。棚倉藩とは何の関わりもなかったはずだぜ」

「乙次郎が阿片の密売人を？」

「あんた、知らなかったのか」

「──それは初耳だ」

意外そうに西崎は目を細めた。作為のない真摯《しんし》なその目を見て、直次郎はこの男を誤解していたことを悟った。

「西崎さん」

卓の上に猪口をおいて、直次郎が顔を寄せていった。

「おれはあんたの敵じゃない。あんたには家内を助けられた恩義もある。自分でいうのも何だが、おれは義理堅《ぎりがた》い男なんだ。あんたを裏切るような真似はしない」

「……………」

「このさい、ほんとうのことを話してもらえんか」

「……………」

一瞬の逡巡《しゅんじゅん》があった。直次郎は黙って自分の猪口に酒を注いだ。

「おぬしを信用しよう」

意を決するように、西崎がぽつりぽつりと語りはじめた。

江戸家老・菱川監物の専横、金にまつわる不正腐敗、藩邸内の綱紀《こうき》の乱れ。そうした不行跡《ふぎょうせき》の実態を探るために藩を致仕して江戸に出てきたことや、その探索の過程で、お庭番配下の隠密・乙次郎や弥之助が内偵に動いていることを察知し、ひそかに二人を闇に屠《ほふ》ったことなどを、西崎は淡々と語った。

「なるほど、主家を守るとはそういうことだったのか」

直次郎は深くうなずいた。

元和偃武《げんなえんぶ》以来の太平の世にあって、一見幕府と諸侯《しょこう》の関係は平穏を保っているかに見えたが、そのじつ水面下では、幕府の強権的な大名統制策と、それに反発する藩とのあいだで虚々実々《きょきょじつじつ》の暗闘がいまなおつづけられていたのである。

「それにしても――」

猪口に酒を満たしながら、直次郎はいぶかるように西崎の顔を見た。

「乙次郎はなぜ阿片の売人を追っていたんだ？」

これは半次郎から乙次郎の正体を聞かされたときから抱いていた疑問である。

お庭番配下の隠密が御役違いの阿片密売一味の探索に動くことはまず考えられないし、棚倉藩の内情偵察という重要な任務をおびた乙次郎が、阿片密売人の喜左次を尾行しなければならない理由は何もないからだ。

「おぬしの話を聞いて、ようやく菱川の不正の実態が見えてきた」

「というと？」

「ひょっとすると、菱川は阿片密売一味とつながっていたのかもしれん。おそらくお庭番のねらいもそれだったのだろう」

「なるほど、そう考えればつじつまは合うが、しかし江戸家老の菱川と阿片密売一味とがどこでむすびつくのか、そのへんの事情がよくわからん。何か心当たりでもあるのか」

「いや」

と首を振って、

「何となくそんな気がしただけだ」

西崎はあいまいに応えながら、猪口の酒を呑みほした。

5

半刻（一時間）後――。

仙波直次郎は箱崎川の河畔《かはん》を歩いていた。

西崎兵庫と腹を割って話し合ったせいか、胸中に霧のように立ち込めていた疑念やわだかまりはすっかり消えて、心情的にはむしろ西崎の立場を理解し、擁護《ようご》してやりたいという思いのほうがつよくなっていた。

改易《かいえき》の危機に直面した棚倉藩を守るために、お庭番配下の隠密・乙次郎と弥之助を斬った西崎の行為は、忠魂《ちゆうこん》義胆《ぎたん》の精神に照らせば大義名分が立つし、それに元々これは公儀と棚倉藩の政治問題であり、善悪の尺度で計るべき事柄ではないのだ。

西崎に対する疑惑はこれで晴れたが、肝心の阿片一味に関する手がかりは途切れたままである。喜左次殺しの下手人が西崎でないとすれば、いったい誰の仕業なのか。謎はますます深まるばかりである。

もう一つ気がかりなのは、乙次郎殺しの下手人探しを半次郎に頼んでみる、といっていた小夜のことだった。

（まさか、半次郎は受けたんじゃねえだろうな）

もし半次郎が小夜の依頼を引き受けたとすれば、事態はややこしいことになる。そのことが気になって、半次郎の舟小屋に立ち寄ってみようと思ったのである。

闇の奥に舟小屋の明かりが見えた。どうやら半次郎はまだ起きているらしい。船着場につづく石段を下りて戸口に歩み寄り、

「半の字」

と声をかけると、板戸がきしみを立ててわずかに開き、半次郎の目がのぞいた。

「ちょいと、いいか？」

「へい」

ぶっきら棒《ぼう》に応えて、直次郎を中に招《しよう》じ入れた。

戸口のそばの竈《かまど》に火が入っていて、薬罐《やかん》が湯気を噴き出している。半次郎はその薬罐の湯を急須《きゆうす》にそそいで茶を淹《い》れ、無造作に直次郎の前に差し出した。茶といっても出涸《でが》らし同然のうすい番茶である。それをずずっと一口すすりあげて、

「小夜から何か聞いてねえかい？」

直次郎がずけりと訊いた。

「乙次郎殺しの一件ですかい」

「ああ」

「あの話は、断りやした」

あいかわらず抑揚《よくよう》のない低い声で、半次郎が応えた。

「そうか、断ったか」

「………」

「で、小夜は何ていっていた？」

「べつに、何も――」

「怒ってなかったか」

「物もいわずに飛び出していきやしたよ」

「だろうな」

直次郎は笑ってうなずいた。憤然《ふんぜん》と飛び出して行く小夜の姿が目に浮かんだ。

いかに口の達者な小夜でも、半次郎が相手では喧嘩《けんか》にならない。のれんに腕押しである。

「ところで、半の字」

直次郎の顔からふっと笑みが消えた。

「おめえ、乙次郎殺しの下手人を知ってるんじゃねえのか」

「…………」

気まずそうに目をそらして、半次郎はだんまりを決め込んだ。

「そうか。どうしてもいえねえか」

「…………」

「じゃ、おれがいってやろう。乙次郎と弥之助を殺したのは、西崎兵庫って浪人だ」

「旦那は、なぜそれを？」

「ふふふ」

直次郎の顔に会心《かいしん》の笑みが浮かんだ。語るに落ちたのである。半次郎の反問そのものが西崎を知っていると告白しているようなものだった。半次郎もすぐそれに気づいて、

「いえ、あっしは何も知りやせん」

とあわてて打ち消したが、あとの祭りだった。

「ま、おめえだってたまには口がすべることもあるさ。それより半の字」

直次郎が膝を乗り出していった。

「おめえがいま探っている、〝ある事件〟ってやつに、その西崎も関わってるんじゃねえのかい？」

「旦那の推察におまかせしやす」

めずらしく半次郎の声に感情が洩れた。直次郎に対してではなく、うっかり口をすべらせてしまった自分に腹を立てているのである。

「そうか。訊くだけ野暮《やぼ》だったようだな」

皮肉な調子でそういうと、直次郎は湯呑みに残った茶を飲みほして立ち上がった。

「邪魔したな」

平右衛門町の煮売屋で仙波直次郎と別れて家路についた西崎兵庫は、自宅ちかくの路上でばったり室田庄九郎と出くわした。室田も西崎の家をたずねるところだったという。

「先日、おぬしの酒を呑みほしてしまったからな。今日はわしが持参した」

居間に入るなり、室田が手に下げていた一升徳利《いっしょうどっくり》を差し出した。

「極上の灘《なだ》の下《くだ》り酒だ。一杯やらんか」

「はあ」

煮売屋で直次郎とかなり呑んできたのだが、室田のさそいをむげに断るわけにはいかない。お相伴《しょうばん》しましょう、といって西崎は台所から茶碗を二個持ってきた。

室田が一升徳利の酒を無造作に茶碗に注いだ。呑んでみると、なるほどうまい。煮売屋で呑んだ水で割った薄い酒とは雲泥の差である。

立てつづけに二杯呑んだあと、室田が急に深刻な表情になって、

「高杉の身に何かあったようだぞ」

と押しつぶしたような声でいった。

「連絡《つなぎ》がとれないのですか？」

「ああ、この二日ばかり、姿が見えんのだ」

一昨日、室田はその後の経過を聞くために、虎《とら》ノ門《もん》ちかくの高杉平馬の家をたずねたのだが、高杉は不在だった。部屋にあがり込んで半刻（一時間）ほど待ってみたが、一向にもどってくる気配がないので、翌日の夜、つまり昨夜のことだ

が、あらためてたずねてみたところ、やはり留守だったという。

「念のために家の中を調べてみたが、まったく帰宅した様子がないのだ」

額《ひたい》にしわを寄せて、室田は重苦しく吐息をついた。

「最後に高杉に会ったのは、いつですか」

「四日前だ」

四日前といえば、室田が西崎の家をたずねてきた日である。そのとき室田は
「いよいよ高杉が動き出した。麻布の中屋敷に出入りしている商人の素性を調べているところだ」といったが、あるいはそこに何か落とし穴があったのかもしれない。

「中屋敷に出入りしている商人について、何か心当たりでも？」

「そういえば――」

呑みほした茶碗を畳の上において、室田は思案の目をじっと宙にすえた。

「赤坂の唐物屋を当たってみるといっていたが」

「唐物屋？」

「わしが聞いたのは、それだけだ」

「高杉は深追いしすぎたんじゃないでしょうか」

「うむ」

沈痛《ちんつう》な表情でうなずくと、室田は声を落としていった。

「考えたくもないことだが——、もう生きてはおらんだろうな」

「室田さん」

西崎は膝をくずして胡座《あぐら》をかいた。

「じつは、妙な話を耳にしたのですが」

「と申すと？」

「公儀お庭番配下の乙次郎という男、中屋敷の内偵のかたわら、一方で阿片密売人の身辺を探っていたそうです」

「阿片の密売人を——？」

室田の目がぎろりと光った。勘働きのいい室田は、そのことが何を意味するのか、言下《げんか》に察したらしい。急にまなじりを引きつらせて、うめくようにいった。

「そうか。それがお庭番の攻めどころだったか」

「どうやら七年前の亡霊《ぼうれい》どもが、またぞろ蠢《うごめ》き出したようです」

謎めいた言葉が西崎の口から洩れた。

「西崎、もし菱川が阿片の密売に関わっていたとなれば、今度こそ大事《おおごと》だ。改易だけではすまされんぞ。宿老《しゆくろう》・重役はもとより、お殿さまも腹を切らねばなるまい」

「もはや一刻の猶予《ゆうよ》もなりません。こちらから仕掛けてみましょうか」

「いや、拙速《せっそく》は禁物だ。もうしばらく敵の動きを見てみよう」

そういうと、室田はふと西崎の右手に目をやった。手首に血のにじんだ手拭いが巻かれてある。

「その怪我《けが》はどうした？」

「あ」

西崎は思わずおのれの右手を見て、

「じつは、その、元鳥越の盛り場で破落戸《ごろつき》どもにからまれましてね」

さすがに町方同心に斬られたとはいえなかった。とっさの方便《ほうべん》である。

「刃物で切られたか」

「大した傷ではありません。匕首の刃先がかすめただけです」

「それにしても、破落戸風情に切られるとは、おぬしらしくないな」

「素手で立ち向かって行ったのがまちがいでした。面目《めんもく》ございません」

「江戸は物騒なところだ。お役目を無事に果たすまでは、いかがわしい場所には近づかんほうがよいぞ」

「はい」

と神妙な顔でうなずきながら、西崎は気を取り直すように茶碗酒をあおった。

第四章　西念寺《さいねんじ》横丁

1

うららかな春の陽気にさそわれて、仙波直次郎は用部屋の板壁にもたれてうつらうつらと舟をこいでいた。小窓からそよぎ込んでくる風が、文机《ふづくえ》の上に開かれたままになっている姓名帳の頁《ページ》を、さらさらと葉ずれのような音を立ててめくっている。

浅いまどろみの中で、直次郎は夢を見ていた。

奉行の鳥居耀蔵が秕政《ひせい》を指弾されて失脚、その後任に前奉行の矢部駿河守が返り咲き、矢部の刷新《さっしん》人事によって、直次郎もふたたび定町廻《じょうまちまわ》りに引き揚げられるという、なんともめでたい夢である。これでようやくおれも日の目を見ることができる、と夢の中でニンマリほくそ笑んだとき、突然、

「仙波さん！」

緊迫した声がひびき、遣戸《やりど》ががらりと開いて、隣室の例繰方《れいくりかた》同心・米山兵右衛がとび込んできた。いきなり現実に引きもどされた直次郎は、あわてて居住《いず》まいを正し、

「どうしました？」

と顔をあげた。

「田嶋さんが亡くなられましたよ」

「ええっ！」

直次郎は飛び上がらんばかりに驚いた。いや実際に尻が二、三寸（約六～九センチ）浮いたかもしれない。それほどの驚愕《きょうがく》であり、衝撃だった。

「つい半刻《はんとき》（一時間）ほど前、馬喰《ばくろ》町の初音《はつね》の馬場《ばば》ちかくで、男に刺されたそうです」

「まさか」

一瞬、言葉を失ったが、すぐに気を取り直して立ち上がり、

「で、田嶋さんの亡骸《なきがら》は？」

「今し方、役所に運び込まれたそうです」

「わかりました。検死《けんし》に立ち会ってきます」

いうなり、直次郎は姓名帳を持って用部屋を飛び出した。

町方《まちかた》役人が事故、もしくは事件に巻き込まれて死亡した場合、死体は奉行所に運ばれ支配与力《しはいよりき》と検死与力の検分を受けることになっていた。その検死に立ち会って、死亡日時や死因などを姓名帳に記入するのも『両御組姓名掛《りょうおくみせいめいがかり》』の職務なのである。

直次郎は役所内の中廊下を飛ぶように駆け抜けて、表玄関に出た。

表門の右奥に、犯罪容疑者を留置する仮牢《かりろう》が二棟あり、それに隣接して、身元不明の死体や変死者の塩漬けの死体を仮安置する、土蔵造りの死体置場がある。

田嶋藤右衛門の亡骸はそこに運び込まれていた。

がらりと戸を引き開けて中に飛び込むと、莚《むしろ》をかぶせられた田嶋の死体が戸板にのせられたまま土間のすみにおかれてあり、そのかたわらに岡《おか》っ引《ぴき》の松三が放心状態で突っ立っていた。すでに死体の検分は終わったらしく、検死与力や支配与力の姿はなかった。

「旦那――」

松三がいまにも泣きだしそうな顔で見返ったが、直次郎は無言で戸板のわきにかがみ込み、莚をめくって田嶋の死に顔を見た。

髷《まげ》の乱れもなく、眠るようにおだやかな死に顔だった。

直次郎はさらに莚をめくって、死体の腹部に目をやった。着物がどっぷり血を吸っていて、数カ所に刺し傷があった。その一つは内臓に達するほど深い傷だった。どうやらそれが致命傷になったらしい。

めくった莚をもとにもどして、直次郎は沈痛《ちんつう》な表情で松三を見あげた。

「いってえ、何があったんだ」

「へえ」

と目を伏せながら、松三は声をふるわせて、途切れ途切れに語りはじめた。

「――いつものように、田嶋の旦那と馬喰町のあたりを見廻りに歩いていたら、急に通りの向こうが騒がしくなりやして――」

何事かと駆けつけてみると、初音の馬場の前に町の者が数十人群がって、いっせいに上空を見あげながら口々に何か叫んでいた。

「旦那！」

と松三が馬場の前の火の見櫓《やぐら》の上を指差した。見ると、櫓の上にふんどし一丁の半裸の男が立っていた。

「なんだ、あいつは！」

思わず田嶋も驚声《きようせい》を発した。半裸の男は出刃包丁を振りかざしながら、櫓《やぐら》の下に群れ集まった野次馬《やじうま》に向かって、何やらわけのわからぬことをわめき散らしている。

「『相模屋《さがみ》』の辰次《たつじ》って板前ですよ」

野次馬の一人が田嶋にいった。『相模屋』は馬喰町でも五指に入る大きな旅籠《はたご》である。

「旅籠の板前か」

「ふだんから様子のおかしい男だったんですがね。とうとう切れちまったようです」

「何をわめいてるんだ、あいつは」

「『相模屋』の若内儀《おかみ》に横恋慕《よこれんぼ》したようで。その若内儀を連れてこいといってます」

「ちっ、人騒がせな野郎だ」

苦々しくつぶやきながら、田嶋は野次馬の群れをかきわけて櫓の下に歩み寄った。それを見て櫓の上に立っている男が癇性《かんしょう》な声を張りあげた。

「町方の出る幕じゃねえ！　とっとと消え失《う》せろ！」

「落ち着くんだ、辰次！」

「うるせえ！　てめえはすっこんでろい！」

吼《ほ》えるなり、やおら男は櫓の下の田嶋目がけて出刃包丁を投擲《とうてき》した。

「わっ」

と叫んで人波がざざっと引いた。田嶋ものけぞるように跳び下がった。櫓の上から一直線に降ってきた出刃包丁が、間一髪、田嶋の足元に突き刺さった。

「辰次！　馬鹿な真似はやめねえか！」

「へっ、腰抜けめ。くやしかったらここまで登ってきやがれ」

悪態をつきながら、男は背後に隠し持ったもう一本の刃物を振りかざした。刃渡り一尺（約三十センチ）ほどの刺し身包丁である。

「畜生《ちくしょう》、まだ刃物を持ってやがったか」

田嶋はいまいましげに櫓の上を見た。と、そこへ、人垣の中から一人の女がおずおずと歩み出てきた。歳のころは二十七、八。うりざね顔の楚々《そそ》とした美人である。

「お役人さま」

と女が田嶋に声をかけた。痛々しいほど悲壮な顔をしている。

「『相模屋』の世津《せつ》と申します」

「おう、おめえが『相模屋』の若内儀か」

「ご迷惑をおかけして申しわけございません。わたしが辰次さんを説得します」

「野郎、だいぶ気が立ってるからな。おめえが説得しても無理かもしれねえぜ」

「とにかく、やってみます。やらせてください」

と哀訴《あいそ》するようにいって、世津と名乗った女は櫓の上を見あげ、声を振りしぼるようにして必死に呼びかけた。

「辰次さん、わたしです。世津です！」

「おかみさん！」

櫓の上の男が身を乗り出すようにして見下ろした。

「お願いです。下りてきてください。そんなところにいたのでは話になりません。下りてきて、二人だけでゆっくり話し合いましょう」

「………」

男は応えない。異様に目をぎらつかせながら、櫓の下の世津をじっと見下ろしている。

「辰次さんの望みはいったい何なんですか」

「おれの気持ちはわかってるんじゃねえのかい、おかみさん！」

男が訴えるような調子で叫んだ。たったいま田嶋に悪態をついていた凶暴な顔とは打って変わって、まるで子供が駄々《だだ》をこねているような顔になっていた。

「旦那と別れてもらいてえんだよ。おれの望みはそれだけだ！」

「…………」

世津は烈《はげ》しく狼狽《ろうばい》した。辰次が自分にひそかに心を寄せていることを、公衆の面前で暴露《ばくろ》されたようなものである。顔から火が噴くほど恥ずかしかったが、数瞬の逡巡《しゅんじゅん》のあと、世津は開き直るように顔をあげて、

「わかりました」

と、きっぱりと応えた。

「とにかくそこから下りてきてください。辰次さんの話はべつの場所でゆっくり聞かせてもらいます」

「ほんとに——、ほんとに、おれの話を聞いてくれるんだな」

「嘘はいいません。わたしにも覚悟はできています」

「よし」

意外に素直にうなずくと、男は段梯子《だんばしご》に足をかけてゆっくり下りてきた。だが、あと数段を残したところで急に態度を変え、櫓の下に群れ集まっている野次馬たちに、

「おい、てめえら、もっとうしろに下がりやがれ！」

怒声《どせい》をあびせながら、狂ったように刺し身包丁を振り廻しはじめた。

「松」

と田嶋が松三に命じて人垣を下がらせた。男は刺し身包丁を口にくわえてその様子を見ながら、用心深く段梯子を下りてきた。田嶋や松三、そして火の見櫓を取りかこんだ野次馬たちが固唾《かたず》を呑《の》んで見守っている。

世津がゆっくり櫓の下に歩み寄る。それを見て、男はトンと地面に下り立ち、いきなり世津の背後に廻り込んで、首すじにぴたりと刺し身包丁を突きつけた。

（あっ）

と世津は息を呑んだ。

「道を開けろ！」

男が野次馬をにらみつけて叫んだ。

一瞬、悲鳴のようなどよめきが起こり、人垣がザザッと割れた。男は世津の首すじに刺し身包丁を突きつけながら、二つに割れた人垣の中へゆっくり歩を進めた。

「てめえら一歩も動くんじゃねえぞ。動いたらこの女の命はねえ」

世津の顔からは血の気が失せて、紙のように白くなっている。その目が救いを求めるように田嶋に向けられた瞬間、事件は起きた。

ふいに田嶋が地を蹴《け》って男に躍《おど》りかかったのである。

「て、てめえ！」

逆上した男は、振り向くと同時に、田嶋の腹部に刺し身包丁を突き立てた。音を立てて血が噴出する。それでも怯《ひる》まず、田嶋は男の腕から必死に世津を引き離そうとした。

「てめえ、出しゃばった真似をしやがって！」

わめきながら、男は田嶋の腹をめった突きにした。

「旦那！」

松三の悲痛な叫び声を、薄れる意識の中で聞きながら、田嶋は渾身《こんしん》の力を振りしぼって抜刀し、男の胸を下から逆袈裟《ぎやくけさ》に斬りあげた。

「ぎゃっ」

と絶叫を発して男はのけぞり、仰向けに地面に転がった。そのまま長々と地面にのびた男の体の上に、田嶋はおおいかぶさるように倒れ込んだ。それが田嶋の最期の姿だった。

「旦那ァ!」

松三が駆け寄ったときには、もう田嶋も辰次もこと切れていた。

「というのが、事の一部始終でして——」

語り終えた松三は、かすかに嗚咽《おえつ》を洩《も》らした。

「…………」

直次郎は無言のまま、筵をかぶせられた田嶋の亡骸のかたわらにひざまずき、語りかけるように心の中でつぶやいた。

——田嶋さん。

松三から話は聞きましたよ。

あんたは勇敢だった。勇敢に闘って死んでいった。頭が下がります。

あんたの死は決して犬死にじゃねえ。

立派な最期でしたよ。

腐り切った南町で、あんただけが本物の町方同心《どうしん》だった。そんなあんたを〝でむし〟呼ばわりした連中こそ、糞《くそ》の役にも立たねえ蛆虫《うじむし》なんです。

田嶋さん、もうあんたは〝ででむし〟なんかじゃねえ。

これからは、〝とんぼ〟と呼ばせてもらいます。

わかりますか、田嶋さん。〝とんぼ〟ってのは勝ち虫のことなんですよ。

〈勝ち虫〉

あんたにいちばんふさわしい諱《いみな》を、不肖《ふしょう》・仙波直次郎が贈らせてもらいます。

どうか、あの世の空を、心おきなく飛び廻ってください。

――合掌《がっしょう》。

田嶋の亡骸に一礼すると、直次郎はゆっくり立ち上がって松三を見た。

「奥方や娘さんには、知らせたのか?」

田嶋には十二歳年下の妻と二人の娘がいる。田嶋が晩婚だったために、二人の娘はまだ十六と十三である。ちなみに同心の妻を「奥方」呼ばわりするのは、いかにも不自然のようだが、八丁堀では古くから、

〈奥方あって殿さまなし〉といわれ、町方同心が町の衆から「旦那」と呼ばれるのに対して、なぜか同心の妻は武家ふうに「奥方」と呼ばれたのである。これも八丁堀の七不思議の一つである。

「いえ、まだ――」

と松三は首をふった。

「検死が済んだところなんで、これからお組屋敷にお知らせにあがろうかと」

「そうか」

うなずいて、直次郎はふところから紙入れを取り出し、一両の金子を松三に手渡した。

「香典《こうでん》だ。あらためてお悔やみにうかがうと、奥方にはそう伝えておいてくれ」

「へい」

直次郎はいったん用部屋にもどり、姓名帳の「田嶋藤右衛門」の欄に死亡抹《まっ》消《しょう》の朱線を引いて、死亡日時や死因などを書き込むと、奉行所を出て日本橋馬喰町に足を向けた。

一つだけ、どうしても気になることがあったからである。

2

日本橋馬喰町の一丁目から三丁目にかけて、大小の旅籠が蝟集《いしゅう》している。

その西はずれの角に『相模屋』はあった。周囲の建物を睥睨《へいげい》するような大きな造りの旅籠である。ちょうど泊まり客が到着する時刻で、入口は大変な混雑だった。

人目をはばかって、直次郎は裏の勝手口に廻った。

勝手の土間でも、夕飯の支度《したく》に追われた女中たちが、おおわらわで立ち働いていた。

「すまねえが、おかみを呼んできてもらえねえかい？」

女中頭らしい年配の女に声をかけると、女は露骨に迷惑そうな顔をしながら奥へ去り、ほどなく若内儀の世津を連れてもどってきた。世津は直次郎の身なりを見て、すぐに町方の同心と察し、どうぞ、おあがりくださいまし、と丁重《ていちょう》に直次郎を客間に案内して、女中に茶を運ばせた。

「昼間の辰次の件でございますね」

来意を告げるまでもなく、世津のほうから話を切り出してきた。

「松三って岡っ引から話は聞いた。とんだ災難だったな」

茶をすすりながら直次郎が同情するようにいうと、世津は「いいえ」とかぶりを振って、

「わたしどものことより、田嶋さまがあんなことになってしまって――、お詫《わ》びの申しあげようもございません」

悲痛な表情でうつむいた。

「おまえさんのせいじゃねえさ。世間には辰次のようなわけのわからねえ男がごまんといる。たまたま運が悪かっただけよ。それよりおかみ、昼間の事件で一つだけ腑《ふ》に落ちねえことがあるんだが」

「腑に落ちない、と申されますと?」

「辰次って野郎は、なんであんな恰好《かっこう》で火の見櫓なんかに登ったんだ?」

「さあ」

と困惑げに世津は首をかしげた。

「おまえさんに懸想《けそう》していたそうだが」

世津はポッと顔を赤らめて視線を泳がせた。

「でも、どうして急に辰次さんがあんなことをしたのか、わたしにもよくわからないんです」

「以前から辰次の様子がおかしかったそうだな」

「はい」

辰次が奇妙な言動をとるようになったのは、四、五カ月前からだという。板場で働きながら急に大声で意味不明の言葉を発したり、夜中にふいと姿を消したまま丸二日も帰ってこなかったり、かと思えば同僚の板前に、

「いずれ、おれは若内儀さんと一緒になるんだ」

などと吹聴《ふいちょう》したり、とにかく奇行奇言《きげん》が目にあまるようになったので、世津も不審に思っていたのだが、原因はまったくわからないという。

「辰次は住み込み奉公だったのかい？」

「ええ、うちで働くようになってから、もうかれこれ六年になります」

「すまねえが、辰次の部屋を見せてもらえねえか」

「どうぞ」

といって世津が立ち上がった。

案内されたのは、裏庭の奥に建っている別棟だった。その建物が住み込み奉公

の使用人の住まいになっている、と世津は説明した。

辰次が寝起きしていた部屋は、家具も調度《ちょうど》もない六畳ほどの殺風景な部屋だった。部屋のすみに夜具が積んであり、その横に飴《あめ》色に焼けた古い柳行李《やなぎごうり》がおいてある。

直次郎はその柳行李を開けてみた。着替え用の肌着や洗いざらしのふんどし、房楊枝《ふさようじ》、剃刀《かみそり》、元結《もっとい》の丈長《たけなが》など、身のまわりの細々《こまごま》とした物がぎっしり詰め込まれている。それをひとつずつ手に取って丹念に調べていた直次郎の目が、ふと一点にとまった。

柳行李の底から、渋紙《しぶがみ》の包みが出てきたのである。

その包みを開いてみた。茶褐色の粉末と雁首《がんくび》の大きな煙管《きせる》が、さも大事そうに渋紙で二重につつんであった。

(やっぱり、そうだったか)

直次郎の目がきらりと光った。茶褐色の粉末は一見して阿片《あへん》とわかった。雁首の大きな煙管は阿片の吸引具である。

「それは──?」

世津がけげんそうにのぞき込んだ。

「阿片だよ」

「え」

驚愕のあまり、世津は声を失った。

「辰次がふんどし一丁で火の見櫓に登ったと聞いたときから、尋常じゃねえと思っていたが、やっぱり、こいつのせいで辰次は狂っちまったんだ」

「まさか、辰次さんが阿片を吸っていたなんて――」

世津が茫然《ぼうぜん》とつぶやいた。

「問題は、この阿片をどこで手に入れたかだ。思い当たるふしはねえかい？」

「さァ――」

「筋の悪いやつらと付き合っていたとか、悪所《あくしょ》に出入りしていたとか」

「――そういえば」

ふと世津の目が動いた。

「仕事が終わったあと、一人でよく深川にお酒を呑みに行っていたそうです」

「深川の、どこだい？」

「西念寺《さいねんじ》横丁に行きつけの呑み屋さんがあるとか」

(西念寺横丁？)

それを聞いた瞬間、直次郎の脳裏にひらめくものがあった。

板間にうずたかく積みあげられた古着の山を整理していた万蔵は、ふと店先に人の気配を感じて振り返った。ほのかな残照が差し込む土間に、直次郎が長い影を落としてうっそりと立っている。

「やァ、旦那」

万蔵が黄色い歯をみせた。直次郎は物もいわずにずかずかと板間にあがり込み、古着の山のあいだをすり抜けて、奥の六畳間に腰を下ろした。

「何か急用ですかい？」

「おめえ、たしか深川の西念寺横丁に手づるがあったな」

「へい」

去年の九月ごろ、万蔵はある事件の探索のために西念寺横丁に潜入したことがある。

潜入、というといかにも大仰《おおぎよう》に聞こえるが、西念寺横丁は一般市民が決して足を踏み入れることのない江戸屈指の悪の巣窟《そうくつ》なのである。実際、入《い》れ墨《ずみ》者（前科者）の万蔵でさえ身の危険を感じたほどだから、まさに命がけの〝潜入〟といってもいい過言ではなかった。


「八十吉《やそきち》って地廻《じまわ》りを知っておりやすよ。――それが何か？」

万蔵の小さな目が、探るように直次郎の顔を見た。

「その八十吉の線から阿片の売人を探り当てるってわけにはいかねえか」

「できねえ相談じゃありやせんが、また何か事件でもあったんですかい？」

「じつはな」

と不精《ぶしょう》ひげの生えたあごをぞろりと撫《な》でながら、馬喰町の火の見櫓で起きた事件の始終や、その事件を引き起こした辰次という男の奉公人部屋で阿片を見つけたこと、そして『相模屋』の若内儀・世津から聞いた話などを手短に語り、

「辰次って野郎が阿片を喫《や》ってたのはまちがいねえ。その阿片を手に入れた先が西念寺横丁じゃねえかと思ってな」

「なるほど」

万蔵はちょっと考え込んでから、意を決するように、

「わかりやした。やってみやしょう」

「おめえには何かと面倒をかけるが、ま、これも腐れ縁だと思ってあきらめてくれ」

笑いながら、直次郎は小粒を一個取り出して万蔵の手のひらにのせた。ぺこんと頭を下げてそれをふところに仕舞い込むと、万蔵がふと思い出したように、

「そういえば、きのう、仕事帰りにお小夜さんと行き合いやしたよ」

「何かいってたか？」

「半次郎に乙次郎殺しの下手人《げしゅにん》探しを頼んだそうで」

「ああ、すげなく断られたそうだぜ」

「ひどく怒っておりやしたよ。あいつは薄情で冷てえ男だと」

「そりゃ小夜の逆恨みってもんよ。半次郎は元締めの命令でしか動かねえ男だからな。あいつにそんな仕事を頼むほうがまちがってるんだ」

そういって直次郎は苦笑を浮かべたが、ふと真顔になって、

「ところで、万蔵」

じりっと膝《ひざ》を詰めていった。

「乙次郎って小間物売りだがな。やつの正体がわかったぜ」

「へ？」

「これが聞いてびっくりだ。乙次郎は公儀お庭番《にわばん》の隠密《おんみつ》だったのよ」

「隠密！」

万蔵の声が上ずった。直次郎はさらに膝を進め、一段と声を落としていった。

「ここだけの話だがな、やつは奥州棚倉藩の内情を探っていたそうだ」

「棚倉藩の内情を？」

「たしかな証《あかし》はねえが、阿片密売一味の背後で江戸家老の菱川が糸を引いていた疑いがある。乙次郎はそれを探っていたようだ」

「へえ、そいつは意外な話だ」

万蔵は小さな目をしばたたかせながら訊《き》き返した。

「すると、〝古骨買《ふるぼね》い〟の弥之助って男も？」

「乙次郎の隠密仲間だったのよ」

その二人を斬ったのが棚倉藩の浪人・西崎兵庫であることも打ち明け、

「おめえが柳原の土手下で拾ってきた印籠《いんろう》は、その西崎の持ち物だったんだ。どうやら棚倉藩には、幕府に知られちゃ都合の悪い事情があったようだ。それで西崎が二人の隠密を斬ったってわけさ」

「へえ。そういうことだったんですかい」

「だがな、万蔵。このことは小夜には内緒だぜ」

「内緒？　――なぜですかい？」

「小夜が知ったら、かならず乙次郎の女房のお秀の耳にも入る」

「そうなると何かまずいことでも？」

「お秀は、自分の亭主が公儀の隠密だったことを知らなかったようだぜ」

「ああ」

と得心《とくしん》がいったように、万蔵はうなずいた。

たしかに小夜から話を聞いたかぎりでは、お秀は亭主の乙次郎を仕事一筋の実直な小間物売りと心底信じ込んでいるようだった。

「つまり、乙次郎は死ぬまで女房のお秀を騙《だま》しつづけたってわけだ。お秀がそれを知ったら気が狂うほど悲しむにちがいねえ」

「なるほど」

万蔵がにやりと笑った。

「旦那も伊達《だて》に女遊びをしちゃいやせんね。女心をよくご存じだ」

「女心？」

「どうせ騙すなら、トコトン騙し抜いたほうが、その女のためになるってことでさ。そういうことじゃねえんですかい？」

「人聞きの悪いことをいうな。おれは女を騙したことなんざ一度もねえぜ。女に騙されたことはあってもな」

「へへ、ま、そういうことにしておきやしょう」

「それはともかく、お秀は乙次郎の正体を知らねえほうが仕合わせなんだ。くどいようだが、いまの話、小夜には絶対に内緒だぜ」

と釘《くぎ》を差して、直次郎は腰をあげた。

3

直次郎が出て行くと、万蔵はすぐに身支度をととのえて深川に向かった。

すでに日が没していて、薄闇の奥にまばらな明かりがにじんでいた。

南本所の万蔵の店から深川門前仲町までは、歩いて四半刻（約三十分）もかからない距離である。小名木《おなぎ》川に架かる高橋《たかばし》を渡ると、ほどなく前方の闇に星をちりばめたような無数の灯が見えた。深川の町明かりである。

万蔵はその明かりに向かって歩度を速めた。

江戸屈指の歓楽街・深川門前仲町は、あいかわらず華やかな明かりに彩られ、江戸の各所から遊びにやってきた男たちで混雑していた。

目指す西念寺横丁は、門前仲町の西はずれにあった。横丁の曲がり角に京都本願寺の末寺《まつじ》・西念寺があるところからその名がついたという。寺地九十坪の小さな寺である。

寺の土塀にそって、万蔵は西念寺横丁に足を踏み入れた。

横丁といっても、道幅二間（約三・六メートル）ほどの細い路地で、道の真ん中に溝《どぶ》が切ってあり、腐った溝板の割れ目からすえた臭いが立ち込めている。

薄暗い道の両側には、淫靡《いんび》な明かりを灯《とも》した板葺《いたぶ》き屋根の小店がひしめくように軒をつらね、あちこちの暗がりに白首《しろくび》女や得体のしれぬ男たちがたむろしている。道を行き来しているのは薄汚れた浪人者や破落戸《ごろつき》、やくざ者、人足風体《にんそくふうてい》といった素性《すじょう》の怪しげな男ばかりである。

「旦那、遊んで行かないかい」

執拗《しつよう》にすり寄ってくる白首女を無視して、万蔵は横丁の一角にある煮売《にうり》屋に入って行った。間口二間半（約四・五メートル）、奥行き三間（約五・四メートル）ほどの小さな店である。

店内は汗くさい男たちでごった返し、人いきれや煮炊きの煙、何かが腐ったような異臭が充満していた。去年の秋、はじめて西念寺横丁に〝潜入〟したとき、万蔵はこの煮売屋で、地廻りの八十吉と会っている。

おそらくこの店が八十吉の溜まり場になっているのだろう。

ひとわたり店の中を見廻した万蔵の目が、奥の席でひとり黙然《もくねん》と猪口《ちょこ》をかたむけている男の姿を捉《とら》えた。三十なかばの目つきのするどい男である。万蔵はためらいもなくその男の席に歩み寄った。

「八十吉さん」

男がおもむろに顔をあげて、うろんな目を万蔵に向けた。

「あっしのことを憶《おぼ》えてるかい？」

「ああ」

八十吉の顔に薄笑いが浮かんだ。

「たしか去年の九月ごろだったな。おめえさんに会ったのは」

「あんたに、また頼みてえことがあるんだが」

「ま、座んな」

八十吉にうながされるまま、万蔵は卓の前に腰を下ろした。

「おめえさんも吞むかい？」

「いや、酒はいい」

「で、おれに頼みってのは?」

八十吉が訊いた。万蔵はまわりの客に目をくばりながら、

「阿片《あへん》が欲しいんだよ」

と小声でささやくようにいった。

「おめえさんが喫るのかい?」

「ああ、あんたなら売人を知ってるんじゃねえかと思ってな」

いいながら、万蔵は懐中から一朱金を取り出して、すばやく八十吉の手ににぎらせた。

「わかった」

うなずくと、八十吉は卓の上に酒代をおいて立ち上がり、万蔵をうながして煮売屋を出た。万蔵は黙ってそのあとについた。

煮売屋を出て半丁(約五十四メートル)ほど行ったところに、人ひとりがやっと通れるほどの狭い路地があった。八十吉はそこで足をとめて、

「おい、又三《またぞう》」

と路地の奥の暗がりに声をかけた。その声に引き寄せられるように、闇溜まりの中からぬっと姿を現したのは二十五、六の、見るからにやくざ者といった強面《こわもて》

の男だった。

「客を連れてきたぜ」

「そいつは、どうも――」

又三と呼ばれたその男は、八十吉にぺこりと頭を下げると、となりに立っている万蔵を陰険な目つきでちらりと見た。

「じゃあな」

といって、八十吉が足早に立ち去ると、又三はあごをしゃくって万蔵を路地の奥の暗がりにうながした。

「で、どのぐらい欲しいんだい？」

振り向いて、又三が訊いた。

「五十匁《もんめ》ばかり、もらいてえんだが」

「一匁十二文だ。それでいいかい？」

「ああ」

阿片一匁が十二文だとすると、五十匁（約百八十七グラム）で六百文になる。

銭一文は現代の貨幣価値に換算すると、およそ二十五円に相当するので、六百文は一万五千円という勘定になる。この時代も阿片はかなり高価なものだった。

六百文の銭と引き換えに、又三はふところから十匁ずつ小分けにして紙につつんだ阿片を五包取り出して万蔵に手渡し、

「おれはいつもこの路地で商売をしてる。また用があったらここへきてくんな」

といい残し、ひらりと身をひるがえして、路地の奥に走り去った。

（又三か――）

路地を出ながら、万蔵は男の名前と人相をしっかり頭に叩き込んだ。

あの高飛車《たかびしゃ》な物いいや傲慢《ごうまん》な態度から察すると、どうやら又三という男は深川界隈《かいわい》ではかなり顔の売れた売人らしい。おそらく『相模屋』の辰次もあの男から阿片を手に入れたのだろう。

ともあれ、又三との接触に成功したことで、探索《たんさく》の糸口はつかめた。あとはその糸をたぐって阿片の密売元を突きとめるだけだ。

「旦那、遊んで行かない？」

路地を出て、西念寺横丁の西はずれにさしかかったところで、ふいに背後から女のか細い声がかかった。振り返ってみると、軒下の暗がりに白首女が惘然《もうぜん》と立っていた。枯《か》れ尾花のように痩《や》せ細っているが、よく見ると意外に若い女であ

る。

　青白く、やつれた女の顔を見た瞬間、万蔵の脳裏に一策がよぎった。

「遊び代はいくらだい？」

「ちょいの間《ま》、百五十文」

「よし」

　とうなずいて、万蔵は女のあとについた。

　案内されたのは、西念寺横丁を出てすぐ右に折れる路地の、いちばん奥まったところに建っている小さな二階家だった。女は引き戸を開けて、三和土《たたき》のわきの段梯子《だんばしご》を上っていった。段梯子を一段上るたびに踏み板がぎしぎしと音を立てたわむ。

「どうぞ」

　女が破れ襖《やぶれふすま》を引き開けて、万蔵を部屋にうながした。天井の低い、四畳半ほどの薄暗い部屋である。ふた流れの粗末な夜具がしきのべられており、枕辺に丸行灯《まるあんどん》のほの暗い明かりが灯っている。

　女はもう着物を脱ぎはじめている。夜具の上に腰を下ろして、万蔵はそれを黙って見ていた。女が長襦袢《じゅばん》のしごきをほどこうとしたとき、

「そいつは脱がなくてもいいぜ」

と万蔵が声をかけた。女はけげんそうに振り向いて、脱ぎかけた長襦袢の襟《えり》元を押さえながら、万蔵の前に腰を下ろした。

「旦那、遊びにきたんじゃないんですか」

「急にその気がなくなった」

「そんな――、あたしだって、商売でやってるんですから、急にやめるといわれても困ります」

「心配するな、金は払う。――ところで、おめえの名は？」

「小雪《こゆき》」

「いい名だ。歳はいくつだい？」

「今年十九になります」

「売られてきたのか」

「ええ」

「郷里《くに》はどこだい？」

「信州の伊那谷《いなだに》です」

「おめえ――」

万蔵が突き刺すような目で女を見て、

「阿片をやってるな」

ずばりといった。女はべつに驚く様子も見せず、こくりとうなずいた。決して美人とはいえないが、純朴そうな細い目と小さな唇がいじましいほど可憐《かれん》だった。

「いつからだ？」

「え」

「阿片をやり出したのは？」

「――もう半年になります。あれをやらないと体がもたないんですよ」

女が悪びれるふうもなく応えた。小雪と名乗るこの娼婦の細い体から、十九歳の娘盛りの輝きが微塵《みじん》も感じられないのは、阿片に冒《おか》されているせいだろう、と万蔵は思った。

「阿片に金を注ぎ込んでいたんじゃ、いくら稼いでも追いつかねえだろう」

「でも、阿片がなきゃ、こんなつらい商売はやってられないし――」

仕方がありませんといって、女はうつろに笑った。

「おめえに、これをくれてやろう」

万蔵が夜具の上にポンと投げ出したのは、買ったばかりの阿片の包みである。

「これは——」

「又三って売人から買ってきたばかりの阿片だ」

「いいんですか、いただいて」

「ああ、家に帰りゃ、まだたっぷりあるからな。顔つなぎのしるしにおめえにくれてやるよ」

「ありがとうございます」

女は押しいただくようにして阿片の包みを受け取った。

「又三って売人のことは、おめえも知ってるだろ？」

「ええ」

「どんな男なんだい？　あいつは」

「どんなって——、一言でいえばダニのような男ですよ」

そういって女は眉《まゆ》を曇《くも》らせた。細い目の奥に嫌悪の光がこもっている。

「人の生き血を吸うダニ。情のかけらもない男です」

「だろうな。情があったら阿片の売人なんかしちゃいねえさ」

「旦那もよくご存じなんですか、又三のことを」

「いや、今日がはじめてだ」

「そうですか。──あたしがこんなことをいうのも何ですけど、あまり深入りしないほうがいいですよ、あの男には──」

「同病相哀《どうびょうあいあわ》れむってやつか」

万蔵は苦笑したが、すぐ真顔になって、

「その又三って野郎だが、どこで阿片を仕入れてくるのか、心当たりはねえかい？」

「よくは知りませんが、なんでも赤坂のほうに手づるがあって、毎月五の付く日に阿片を仕入れていると聞きましたけど──」

「五の付く日か」

今日は二十七日である。今月の五の付く日はすでに過ぎてしまっていた。つぎに五の付く日といえば来月、すなわち三月の五日ということになる。

──どうやら、その日が勝負どきになりそうだ。

万蔵の小さな目がきらりと光った。

4

高杉平馬が消息を絶ってから、五日が過ぎていた。

その五日間、室田庄九郎と西崎兵庫は、一日交代で麻布の中屋敷の張り込みをつづけていた。

高杉は消息を絶つ直前に「麻布の中屋敷に頻繁《ひんぱん》に出入りしている商人を追ってみます」といっていたが、不覚にも室田はその商人の素性を聞き漏らしてしまった。いまとなってはそれが悔やまれる。高杉の労に報いるためにも、何としてもその商人の正体を突きとめなければならない。

「また一からやり直しだ」

と決意を新たにして、室田と西崎は交代で中屋敷を張り込むことにしたのである。

今夜は、室田が張り込む番だった。

中屋敷の表門の前の雑木林に身をひそめて張り込みをはじめてから、かれこれ一刻（二時間）がたとうとしていたが、屋敷に出入りする人影はまったくなかった。

表門の門扉《もんぴ》は固く閉ざされたまま、寂《せき》として物音ひとつしない。

——今夜も無駄骨《むだぼね》か。

室田は胸のうちで苦々しくつぶやいた。

張り込みを開始してから五日間、菱川監物が中屋敷に出入りした形跡はなく、まるで無人の空き屋敷のようにひっそりとしていた。高杉が菱川の手の者に殺されたとすれば、それを契機に敵は警戒しはじめたのかもしれない。

——この様子では、とうぶん動きそうもないな。

あきらめて引きあげようとしたとき、表門の門扉が重々しい音を立てて開いた。

振り返ってみると、門内から一挺《ちょう》の塗り駕籠《かご》がしのびやかに出てきた。駕籠をかついでいるのは陸尺《ろくしゃく》と呼ばれる中間《ちゅうげん》である。供侍《ともざむらい》がいないところをみると微行《しのび》の他出らしい。

暗闇の中で室田の目が白く光った。

江戸藩邸で塗り駕籠が許されているのは、藩主の子息や側女《そばめ》、江戸家老、留守《るす》居役《いやく》といった身分の高い者だけだが、こんな時分に人目をしのんで他行する者

は、

（菱川以外におるまい）

　そう思って、室田は雑木林からそっと歩を踏み出し、駕籠のあとを跟《つ》けはじめた。

　二人の陸尺にかつがれた塗り駕籠は、六本木通りを青山のほうに向かってゆっくり進んでゆく。その七、八間（約十二・七〜十四・五メートル）後方を、室田が闇を拾いながら跟けてゆく。

（そうか）

　一丁（約百九メートル）ほど尾行したところで、室田はふとあることを思い立った。

――菱川、誅殺《ちゅうさつ》。

である。

　江戸藩邸の内偵に動いていたお庭番配下の乙次郎と弥之助は、西崎が始末したので当面の危機は回避できたが、このまま公儀が黙っているはずはなかった。お庭番が次の隠密を放ってくるのは、火を見るより明らかである。

　もはや菱川監物の不正の証拠を探している時間的余裕はなかった。

（公儀に先を越されてはすべてが水泡に帰する）

その焦りが室田を衝《つ》き動かしていた。もとを正せば、松平六万石が直面している危機は菱川の専横によって引き起こされたことなのである。その菱川を抹殺してしまえば、すべてが解決するのだ。それに……、

（高杉の無念を晴らすためにも、菱川は生かしておけぬ）

のである。室田の足が速まった。

駕籠には警護の供侍もついていないし、屋敷外での事件となれば、幕府から咎《とが》めを受ける恐れもない。誅殺には打ってつけの条件がそろったのである。この機を逃したら、二度と菱川を討つ機会はおとずれないだろう。

（殺《や》るならいまだ）

室田は右手を刀の柄頭《つかがしら》にかけて、脱兎《だつと》の勢いで走り出した。たちまち駕籠に追いついた。気配に気づいて、二人の陸尺が足をとめて振り返った。

「く、曲者《くせもの》！」

度肝を抜かれて立ちすくむ陸尺に、室田が叫んだ。

「駕籠をおいて立ち去れ！」

異変が起きたのは、その直後だった。塗り駕籠の戸がスッと引き開けられて、羽織袴《はおりはかま》の武士が悠然と下り立ったのである。その武士を見て、室田はあっと息を呑んだ。

菱川とは似ても似つかぬ、肩幅の広い屈強の武士だった。

「ふふふ、かかったな、犬侍《いぬざむらい》め」

武士が口の端に酷薄《こくはく》な笑みをにじませた。徒目付頭《かちめつけがしら》の大庭典膳である。二人の陸尺がすかさず脇差《わきざし》を抜き放った。この二人も大庭の配下の徒目付だったのである。

「お、おのれ！　謀《はか》ったな！」

「斬れ！」

大庭が下知《げじ》した。二人の陸尺が猛然と斬りかかってゆく。

室田は抜きざまに一人の刀をはねあげ、左から斬り込んできたもう一人の切っ先を、間一髪、上体をひねってかわした。

大庭も抜刀して室田の前に立った。刀は中段に構えている。

二人の陸尺は八双《はっそう》に構えながら、すきざみのすり足で左右に廻り込んでいる。

室田は下段の構えである。三人の動きを油断なく目で追いながら、体を右半身に開き、下段に構えた刀をさらに地をするほどに低く下げた。

とうっ！

裂帛《れっぱく》の気合を発して、二人の陸尺がほとんど同時に斬りかかってきた。

左右からの挟撃《きょうげき》である。右半身に構えた室田は、その構えとは逆に左廻りに体を回転させ、下からすくいあげるように一人の刀をはねあげると、すぐさま身を沈めて右からの斬撃《ざんげき》をかわした。刃うなりをあげて刀が頭上をかすめた。

ふつうなら、ここでいったん後退し、体勢を立て直してから反撃に転じるのが撃剣《げっけん》の常道である。ところが室田は身を沈めたまま、正面の大庭に向かって突進して行った。

首領格の大庭を斬れば勝てる、とみたのであろう。

意表をつかれて、大庭は思わず刀を引き、あわてて二、三歩あとずさった。

だが……、
次の瞬間、二人の陸尺がすばやく室田の動きに反応して地を蹴っていた。

もともと二人は大庭の配下の徒目付である。室田の動きに反応したというより、斬り合いの流れの中で次の動きをとっさに読んだのだろう。大庭に向かって猛進して行く室田の背中に、二人の陸尺の袈裟がけの一刀があびせられた。さすがに室田もこれには対応できなかった。分厚い背中にたすきがけの裂け目が奔《はし》り、音を立てて血が噴出した。

室田の体が大きくのけぞったところへ、大庭の刀が上段から打ち下ろされた。真っ向唐竹《からたけ》割りの一撃である。

がつん、と鈍い音がして額《ひたい》が割れ、噴き出た血が室田の四角い顔を真っ赤に染めた。二度、三度大きく体をゆらめかせながら、室田は朽木《くちき》のように仰向けに倒れ伏した。

刀の血ぶりをして鞘《さや》におさめると、大庭はいっさいの表情を消した冷たい目で、路上に仰臥《ぎょうが》している室田を見下ろし、低くつぶやいた。

「この男、見覚えがある」

「何者ですか」

徒目付の一人が訊いた。

「名前は知らんが、一度藩邸で会ったことがある」

数年前に藩主・松平周防守康爵の参勤交代に供奉《ぐぶ》してきた室田を、山下御門内《やましたごもん》の上屋敷の廊下でちらりと見かけたことがあった。そのときは気にもかけずにやり過ごしたので、大庭はいまもって名前はおろか役職も知らなかった。

「いずれにせよ」

大庭が顔をあげていった。

「国家老・本多清左衛門が放った密偵の一人であることはまちがいない。死骸を運んで例の場所に埋めておけ」

「はっ」

二人の徒目付が地面に転がっている室田の手足を取って、駕籠のほうにずるずると引きずり去って行くのを、大庭は冷ややかな目で見送りながら、

「あと一人か――」

と独語するように、ぼそりとつぶやいた。


同じころ――。

赤坂表伝馬町の唐物屋『翠泉堂』の離れ座敷で、あるじの惣兵衛が四十年配の小肥《こぶと》りの男と酒を酌《く》み交《か》わしていた。

「おかげさまで右から左に飛ぶように売れましてねえ。先月いただいた四貫（十五キロ）の〝品物〟は、もう底をつきかけておりますよ」

男の盃《つき》に酒を注ぎながら、惣兵衛が満面に笑みを浮かべていった。

「おたがいに結構なことですな」

男も満足げに笑ってみせた。

深川佐賀《さが》町の廻船《かいせん》問屋『九十九屋《つくも》』のあるじ・三津五郎《みつごろう》である。

廻船問屋といっても、三津五郎が所有しているのは五百石の弁財船《べざいせん》一艘《そう》だけ。表向きは干し鮑《あわび》や干鰯《ほしか》、煎《い》りなまこなどの俵物《たわらもの》を回漕《かいそう》していることになっているのだが、じつはそれを隠れ蓑《みの》にして対馬《つしま》海峡や長崎《ながさき》沖の海上で異国船から阿片の〝沖買い〟、すなわち抜《ぬ》け荷《に》買い（密輸）で巨利をむさぼっていたのである。

「ところで九十九屋さん」

と惣兵衛が小鉢の煮物を箸《はし》でつまみながら、三津五郎を見た。

「次の船はいつごろ江戸に入りますかね」

「たぶん、来月の十日ごろになると思います」

「十日ですか」

「途中、船が時化《しけ》にあいましてね。五日ばかり到着が遅れてしまいましたが、しかし、まちがいなく十日には着くと思いますよ」

「ま、そういう事情なら仕方がありませんな。楽しみに待っておりますよ」

「今回は思い切って、先月の倍の量を買い込みました。とうぶん〝品物〟には困らんでしょう」

三津五郎と惣兵衛にとって、禁制品の阿片は、異国から入ってくる時計や眼鏡《めがね》、鏡、香箱《こうばこ》、香炉《こうろ》、珊瑚樹《さんごじゅ》、鼈甲《べっこう》といった唐物と同じように、あくまでも異国から入ってくる「品物」の一つにすぎないのである。

「品物は多いに越したことがありません。九十九屋さんが買い込んだぶんは、そっくり手前どもが引き取らせてもらいますよ」

惣兵衛は口元にしたたかな笑みをにじませた。

それから四半刻（約三十分）ほどたったとき、廊下に足音がひびいて「旦那さま」と襖越しに番頭の声がした。呑みかけの盃を膳《ぜん》において、惣兵衛が振り向いた。

「なんだい？」

「大庭さまがお見えになりましたが」

「そうか。お通ししなさい」

「かしこまりました」

番頭が立ち去ってほどなく、襖ががらりと開いて、大庭典膳が入ってきた。

「ようこそおいでくださいました」

物兵衛が丁重に頭を下げて迎え入れる。大庭は鷹揚《おうよう》にうなずいて、二人の前にどかりと腰を下ろすと、視線をちらりと三津五郎に向けた。

「九十九屋も一緒だったか」

「おひさしぶりでございます」

三津五郎が卑屈《ひくつ》な笑みを浮かべて低頭した。

「あいかわらず商売繁盛のようだな」

「おかげさまで。翠泉堂さんにはたっぷり儲《もう》けさせていただいております」

「それは祝着《しゅうちゃく》」

「すぐに膳部の支度をさせますので、まずはこれでどうぞ」

と惣兵衛が自分の盃を盃洗《はいせん》ですすいで差し出した。三津五郎がすかさずその盃に酒を注ぐ。大庭はその酒をグイとひと口で呑みほし、

「九十九屋、そのほうにはまだ伝えていなかったが――」

険《けわ》しい目で三津五郎を見た。

「国家老が放った三人の密偵が中屋敷に探りを入れてきている」

「ま、まことでございますか！」

三津五郎の顔に驚愕が奔った。

「たったいま、その一人を斬ってきたところだ。先日も一人を始末したので、残りは一人ということになる」

「で、その一人の所在は？」

「わからん。わしらも手をつくして捜しているところだ」

「じつは九十九屋さん、わたしのところも目をつけられましてね」

横合いから、惣兵衛が口をはさんだ。

「翠泉堂さんも！　――お国元《くにもと》の密偵にですか？」

「幸い、大庭さまに始末していただいたので何事もなく済みましたが、九十九屋さんも身のまわりにはくれぐれも用心なさったほうがよろしいですよ」

「そうですか。いや、それは存じませんでした。ご忠告ありがとう存じます」

三津五郎は両手をついて、惣兵衛と大庭に深々と頭を下げた。

5

（妙だな）

砥石《といし》で刀を研《と》ぎながら、西崎兵庫はけげんそうに首をかしげた。

七ツ（午後四時）を過ぎても、室田庄九郎から何の音沙汰《おとさた》もないのである。

そもそも一日交代で麻布の中屋敷に張り込もう、といい出したのは室田である。二人が別々に動けば、どちらかの身に万一のことがあった場合でも、一人はかならず生き残れるというのが、その理由だった。そして張り込みの結果を、

「翌日に報告し合おう」

といったのも、室田だった。

西崎が張り込みをしたときは、翌日、西崎が神田花房《はなぶさ》町の室田の借家をたずねてその結果を報告し、室田の番のときは室田が西崎の家をおとずれて経過報告をする。そうやって緊密に連絡を取り合いながら、この四日間、麻布の中屋敷の張り込みをつづけてきたのだが、なぜか今日にかぎって室田が姿を現さないのである。

——室田さんの身に何かあったのだろうか。

不吉な予感にとらわれながら、西崎は研ぎあがった刀を鞘におさめて立ち上がった。

居間の障子《しようじ》に赤々と西陽《にしび》が映えている。

つい数日前までは、七ツ過ぎになると急に陽が翳《かげ》って、部屋の中にも薄闇がし

のび込んできたものだが、いまは台所の土間のすみまで光が差し込んでいる。

（だいぶ日が長くなったな）

ひとりごちながら、めし櫃《びつ》の冷やめしを茶碗に盛って湯漬《ゆづ》けにし、かき込むように腹に流し込むと、西崎は身支度をととのえて家を出た。

神田花房町の室田の家をたずねようと思ったのである。

西の空はまだ明るかった。

子供たちが喚声《かんせい》をあげながら、路地を走り廻っている。

浅草阿部川町から戸田因幡守《とだいなばのかみ》の上屋敷のわきを通って、鉤《かぎ》の手に右に曲がる道をしばらく行くと、三味線《しゃみせん》堀に出る。そこからさらに西へ歩を進め、御徒《おかち》町を経由して筋違御門橋の北詰に足を向けた。

筋違御門橋の北詰から、下谷広小路につづく広い通りを、下谷御成《おなり》街道という。

その御成街道の南はずれにある町屋が神田花房町である。

室田庄九郎が寓居《ぐうきょ》としている借家は、花房町で米問屋をいとなむ山城屋久兵衛《やましろやきゅうべえ》が所有する家作で、もともとは隠居所として建てられたものだった。

からたちの生け垣《いがき》をめぐらした小ぢんまりとした一軒家だが、建物自体はさほど古くはなく、いかにも隠居所らしい落ち着いたたたずまいをみせている。

家の玄関につづく細い路地に足を踏み入れた瞬間、西崎はハッと足をとめて前方にするどい目をやった。

三人の男が玄関の前に立って、何やらひそひそと話し込んでいる。二人の男は木賊《とくさ》色の筒袖《つつそで》に鼠《ねずみ》色の股引《ももひ》き、一人は濃紺の印半纏《しるしばんてん》をまとっている。いずれも一見して人足ふうの男たちである。

物陰に身をひそめて様子をうかがっていると、印半纏をまとった三十五、六の猪首《いくび》の男が大きくうなずきながら、「よし」とあごをしゃくって二人の男をうながした。

(手が廻ったか)

西崎は直観的にそう思った。

三人の男が身をひるがえして、小走りに西崎の前を通りすぎて行った。そのとき、猪首の男がまとっている印半纏の背中に「丸に九の字」の定紋《じょうもん》が染め抜かれているのを、西崎は見逃さなかった。三人の男の姿が路地の奥に消えるのを見届けると、西崎はすかさず物陰から飛び出して、家の中に駆け込んだ。

「室田さん!」

応答がなかった。家の中はしんと静まり返っている。雪駄《せった》を脱いで廊下に駆けあがり、奥の部屋の襖を引き開けたとたん、西崎は釘を打たれたように棒立ちになった。

部屋の中が散々に荒らされている。文字どおり落花狼藉《らっかろうぜき》だった。さっきの三人の男が部屋の中を物色したにちがいない。西崎は翻身して家を飛び出した。

――いまならあの男たちに追いつける。

そう思って、三人が立ち去った路地を、西崎は猛然《もうぜん》と疾駆《しっく》した。

筋違御門橋の北詰の広場に出た。

すばやくあたりを見廻したが、三人の姿は見当たらなかった。通りすがりの老婆を呼びとめて訊《たず》ねてみたが、それらしい男たちは見かけなかったという。

途中でべつの路地に曲がったのか。それともこの付近に三人が立ち寄る場所でもあったのか。立ちどまったまま思案顔で四辺を見廻していると、ふいに背後で、

「西崎さん」

と声がかかった。驚いて振り向くと、仙波直次郎が足早に近づいてきた。

「仙波さんか。いいところで会った。おぬしに訊きたいことがある。そのへんで

「いいだろう」

酒でも飲まんか」

二人はちかくの居酒屋に入った。

間口が狭く、奥行きの深い〝うなぎの寝床〟のような店である。

表の明るさに比べると、店の中はまるで夜のように暗く、柱の掛け燭《かしょく》にはすでに灯が入っていた。店を開けてまだ間もないのだろう。客のいない店の一隅で、一人ぽつねんと煙管をくゆらせていた初老の小柄な男が、入ってきた二人を見てあわてて立ち上がり、

「いらっしゃいまし」

と奥の席に案内した。

冷や酒三本と酒の肴《さかな》を四品ほど注文して腰を下ろすと、ほとんど待つ間もなく、亭主が酒と肴を盆にのせて運んできた。

「あんたと酒を酌み交わすのは、これがはじめてじゃねえ。おたがい気を使わずに手酌でやろうぜ」

くだけた調子で直次郎がそういうと、西崎はふっと笑顔をみせたが、すぐにその笑みを消して真顔になり、

「おぬしには謝らなければならん」

といった。

「謝る？」

「先夜の非礼だ。あらためて詫びをいう。すまなかった」

と頭を下げた。直次郎を斬ろうとしたことへの謝罪である。

「なに、詫びることはねえさ。それより手首の傷はどんな塩梅《あんばい》だい？」

「このとおり、すっかり」

西崎が右手を差し出してみせた。傷口がふさがって、二寸ほどの赤い筋になっている。

「それはよかった。――ところで、おれに訊きたいことってのは？」

「おぬし、〝丸に九の字〟の定紋の商家に心当たりはないか」

「丸に九の字？　さァ、知らねえな」

直次郎は小首をかしげながら、呑みほした猪口に酒を注いで、

「その商家がどうかしたのか？」

と訊き返した。

「じつは――」

西崎は猪口の酒をなめながら、江戸で行動を共にしてきた高杉平馬が〝ある商人〟の素性を探るといって忽然《こつぜん》と消息を絶ったことや、もう一人の同志・室田庄九郎もその商人を探る目的で、昨夜、麻布の中屋敷に探索に出向いたまま帰宅していないこと、そしてつい先ほど室田の家の前で不審な三人の男を見かけたことなどをかいつまんで話し、

「男の一人は〝丸に九の字〟の定紋を染め抜いた印半纏を着ていた。ひょっとしたらその男たちの雇いぬしが、二人の同志が追っていた商人ではないかと思ってな」

「なるほど」

「室田さんの家が物色されていた。さっきの三人の仕業《しわざ》にちがいない」

西崎が暗然といった。

だとすれば、その連中は室田の失踪《しっそう》にも関わっている可能性がある。いや関わっているにちがいない、と直次郎は思った。

「わかった。いっぺん〝丸に九の字〟ってやつを調べてみよう」

「そうしてもらえれば助かる」

「薄情ないい方だが、あんたの二人の仲間はもう生きちゃいねえだろうな」

「………」

　西崎は沈痛な表情で目を伏せた。一拍の間《ま》をおいて、

「そうは思いたくないが――」

　ぽつんといった。

「しかし、二人が姿を消したのはまぎれもない事実だ。その事実が何を意味するのかおれにもわかっている」

「西崎さん、あんたも気をつけたほうがいいぜ。残るのはもうあんたしかいねえんだ。あんたの身にもしものことがあったら、棚倉六万石は一巻の終わりだからな」

「その言葉、肝《きも》に銘《めい》じておこう」

　低くそういって、西崎は暗澹《あんたん》とうつむいた。

第五章　桃源郷

1

永代橋の東詰から大川の川岸にそって北（上流）へ伸びる町が深川佐賀町である。

佐賀町は寛永《かんえい》六年（一六二九）に干潟《ひがた》を埋め立てて開発された土地で、当時は深川猟師《りょうし》町と呼ばれていたが、元禄《げんろく》八年（一六九五）の検地のときに、この界隈が肥前国《ひぜんのくに》佐賀湊《みなと》に似ているところから、佐賀町の名にあらためられた。

町名の由来どおり、〝川の湊町〟といった趣《おもむき》がある。

川岸通りには、豪壮な店構えの廻船《かいせん》問屋や土蔵造りの船問屋、なまこ壁の船蔵《ふなぐら》などが軒をつらね、裏手にある船溜《ふなだ》まりには、千石級の弁財船《べざいせん》や高瀬船《たかせ》、押送《おしおくり》船、荷足《にたり》船、艀《はしけ》などが数十艘《そう》、ひしめくようにもやっている。

昼間は船荷を満載した荷車や馬がひっきりなしに行き交《か》い、船頭や水夫《かこ》、荷揚《にあ》げ人足《にんそく》たちの荒々しい声が飛び交うこの町も、陽が落ちると同時に人影が絶えて、ひっそりと静まり返る。

薄闇におおわれた川岸通りを、小走りにやってくる三人の男の姿があった。

半刻《はんとき》（一時間）ほど前、神田花房町の室田庄九郎の家の前で、ひそひそと立ち話をしていた人足ふうの男たちである。

三人が足をとめたのは、下佐賀町の一角にある間口四間（約七・二メートル）ほどの小さな廻船問屋の前だった。軒端に〝丸に九の字〟の定紋《じょうもん》と『九十九屋』の屋号を記した看板が下がっている。大戸はもう下ろされていた。

「ご苦労だった。おめえたちはもう帰っていいぜ」
三十五、六の猪首《いくび》の男が、二人の男に小銭を手渡し、大戸のくぐり戸を押し開けて中に入って行った。
「武吉《ぶきち》さんかい？」

土間の奥から声がした。

「へい」

と応えて、猪首の男は板間にあがり、廊下の奥へ歩を進めた。居間の襖《ふすま》がわずかに開いていて行灯《あんどん》のほの暗い明かりが洩《も》れている。

「失礼しやす」

男は襖を引き開けて、中に入った。

文机《ふづくえ》の前で帳合わせをしていた三津五郎が、手をとめて振り返った。

「どんな様子でした？」

「まちがいありやせん」

と応えて、武吉と呼ばれた男は腰を下ろした。

「大庭さまが斬った浪人者は、やはり室田庄九郎って男でしたよ」

この男、以前は西念寺横丁の地廻《じまわ》りをしていたのだが、『九十九屋』のあるじ・三津五郎に、闇世界での顔の広さを買われて『九十九屋』の小頭《こがしら》になったのである。

上野山下の密売人・喜左次が、公儀隠密《おんみつ》に目をつけられたという情報をいち早くつかんで、事前に口を封じたのも、じつはこの男だった。ついでにいえば、現在、西念寺横丁を仕切っている地廻りの八十吉は、武吉から縄張りを継いだ舎弟分である。

「残る一人について、何か手がかりでも？」

三津五郎の問いに、武吉は苦い顔で首を振った。

「一応、家捜しはしてみたんですがね。手がかりになるようなものは何も――」

「見つかりませんでしたか」

やや落胆《らくたん》するように吐息を洩らして、三津五郎は文机の上の紙片に目を落とした。

貸家の借受証文《かりうけしょうもん》である。

この証文を届けにきたのは、昨夕、室田庄九郎の死体を始末した大庭典膳の配下の徒目付《かちめつけ》の一人だった。室田の死体を麻布の中屋敷の敷地の一角に埋めようとしたところ、室田が所持していた紙入れからこの証文が出てきたという。

神田花房町、米屋『山城屋』久兵衛方貸家、月々二百五十文にて借受候
借人・室田庄九郎　爪印《つめいん》
家主・久兵衛　爪印

証文にはそうしたためてあった。念のためにその住まいを確認してもらいたい、というのが徒目付からの依頼だったのである。

「けど、旦那」

と武吉が細い目を三津五郎に向けた。

「まったく手がかりがねえというわけじゃありやせん。その室田って浪人の家に三十がらみの浪人者がよく出入りしてたって話を耳にしやしたよ」

「三十がらみの浪人？」

「残る一人ってのは、たぶん、そいつじゃねえかと――」

「そうですか。その浪人者の所在を突きとめる手だてはないものでしょうかね」

「多少、手間ひまはかかると思いやすが、しかし、できねえ相談じゃありやせん。あっしがきっと突きとめてみせやすよ」

自信ありげに武吉は笑ってみせた。

月が変わって、弥生《やよい》三月（新暦四月）――。

隅田堤《すみだづつみ》の桜が七分咲きになったという。このところおだやかな好天がつづき、花見の時期も例年より四、五日はやくなりそうな気配である。

うららかな春の陽差しが降りそそぐ昼下がり、深川黒江《くろえ》川の川岸でのんびりと釣糸を垂れている菅笠《すげがさ》の男の姿があった。

この川では鯔《ぼら》がよく釣れるので、釣り人の姿を見かけるのは、さほどめずらしいことではないのだが、その男の様相はいささか趣を異にしていた。

釣り竿《ざお》は呉竹《くれたけ》を削ったものに木綿《もめん》の糸をむすびつけただけの、子供の遊び道具にもならないような代物《しろもの》だし、餌箱《えさばこ》や魚籠《びく》も持っていない。一見したところ、釣りを楽しんでいるというより、昼寝をしているようにも見える。

通りすがりの老人が足をとめて、けげんそうに釣り糸の先を見た。肝心の浮子《うき》がついていない。老人はよほどそれが気になったのか、男の背後に歩み寄って、

「旦那さん、浮子がついてませんが――」

とお節介《せっかい》がましく声をかけると、

「浮子なんかいらねえのさ」

男は振り向きもせずにぶっきら棒《ぼう》に応えた。

「それじゃ魚がかかってもわからんでしょう」

「魚なんか釣る気はねえんだ。ほっといてくれ」

邪慳《じゃけん》な男の声に、老人は眉《まゆ》をひそめて足早に立ち去った。それを見送って、

「ふうっ」

と男が吐息をついた。菅笠の下にちらりとのぞいた顔は、万蔵だった。

今日は三月五日。すなわち阿片密売人の又三が動く「五」の日である。

釣り人をよそおって、西念寺横丁にほどちかいこの川岸で張り込みをはじめてから、すでに一刻（二時間）がすぎようとしていた。菅笠の下の万蔵の目は、西念寺横丁を出入りする得体の知れぬ男たちの姿を追って、せわしなげに動いている。

目の前を葛西《かさい》舟が通って行った。万蔵は思わず鼻をつまんで、顔をそむけた。葛西舟は一名《いちめい》、汚穢《おわい》舟ともいう。糞尿を運ぶ舟である。

それからさらに四半刻（約三十分）ほどたったときだった。

西念寺横丁から足早に出てくる男の姿を、万蔵の目がするどく捉《とら》えた。

（野郎だ）

男はまぎれもなく阿片密売人の又三だった。

すかさず万蔵は立ち上がり、釣り竿をその場に投げ捨てて又三のあとを追った。

又三はゆったりとした足取りで永代橋を渡って行った。その後方、四、五間

（約七・二～九メートル）離れて、菅笠をまぶかにかぶった万蔵が人混みにまぎれて跟《つ》けてゆく。

行徳《ぎょうとく》河岸から日本橋をへて一石《いっこく》橋を渡り、そこから鍛治《かじ》橋御門、数寄屋橋御門、山下御門、土《ど》橋と、外濠《そとぼり》通りをほぼ半周して、又三は赤坂のほうに向かった。

（野郎、どこに行きやがるんだ？）

赤坂御門前の広場を通りすぎて、伝馬町二丁目にさしかかったとき、五間ばかり先を歩いていた又三がふいに足をとめた。万蔵はあわてて身をひるがえし、近くの路地角に飛び込んだ。一瞬、勘づかれたかと思ったが、又三はちらりとあたりを見廻し、足早にとある商家に入って行った。唐物《とうもの》屋『翠泉堂』である。

「あ、又三さん、いらっしゃいまし」

中年の番頭が愛想《あいそ》笑いを浮かべ帳場から出てきた。

「ちょいと早かったかな」

「いいえ、みなさん、もうおそろいでございます。どうぞ、こちらへ」

と又三を奥の広間に案内した。

そこには五、六人のやくざふうの男たちが集まっていて、茶をすすりながら談笑していた。いずれも市中の各所から阿片を仕入れにきた密売人である。又三が部屋に入ると、ほどなくあるじの惣兵衛が桐油紙《とうゆがみ》の包みをかかえて入ってきた。

「大変お待たせいたしました。みなさん、おそろいになりましたので、さっそくはじめさせていただきます」

一礼して男たちの前に着座すると、惣兵衛はおもむろに桐油紙の包みを広げた。中にはさらに桐油紙の小さな包みが三つ入っている。

「まことに申しわけございませんが、長崎からの船が時化《しけ》のために遅れておりまして、今回は六百匁《もんめ》しか手持ちがございません。その点ひとつよろしくご了承のほどを」

といって、包みの一つを広げ、

「では、この品物から」

と一同の前に差し出した。

包みの中身は上質の阿片である。男たちは阿片の粉末を指でつまんで臭いを嗅《か》いだり、舌先でなめたりしながら品定めをしていたが、やがて一人が、

「百五十！」

と声をあげた。阿片百匁を百五十文で買い取るという競《せ》り声である。

「百六十！」

別の一人がすかさず値をつり上げる。さらに百七十、百八十と声がかかったところで、

「二百！」

と又三が値を打つと、とたんに競り声がとまって、座がしんと静まった。

「では、この品は二百文で又三さんに」

惣兵衛が阿片の包みを又三に手渡す。包みの総量は二百匁、落札価格は四百文である。

ついで別の包みが男たちに廻され、ふたたび競りがはじまったが、それを尻目に又三は四百文の金を番頭に支払い、「お先に」と一礼して退出した。

――翠泉堂も、えげつねえ商売をしやがる。

歩きながら、又三は思わず苦笑を洩らした。わずか六百匁の阿片を〝競り〟にかけるのだから、惣兵衛という男は抜け目のない商人である。おかげで阿片の値はつり上がる一方だが、品物が手に入らなければ密売人も商売にならない。阿片の闇市場は売り手側が圧倒的に有利な仕組みになっているのだ。

――ま、仕方がねえか。

今回の仕入れ値は少々高くついたが、それでも二百匁四百文で仕入れた阿片を、一匁十六文で売りさばけば総額三千二百文になり、二千八百文の利益が得られる。それを考えると売人にとっても、

(濡《ぬ》れ手で粟《あわ》のぼろ儲《もう》け)

なのである。結局、そのしわ寄せを食うのは末端の阿片常習者だけなのだ。

十日ぶりに阿片が手に入ったせいか、又三の心は浮き立っていた。

――田町の〝麦飯〟でも食って行くか。

前述したように、赤坂田町の〝麦飯〟は吉原の遊女、すなわち〝米〟より劣《おと》るといわれているが、西念寺横丁の安《やす》女郎にくらべれば、はるかにましな女がそろっている。

毎月「五」の付く日は、阿片の仕入れにきたついでに、田町の〝麦飯〟を食って帰るのも、又三の楽しみの一つになっていた。

表伝馬町一丁目の角を左に折れて、溜池《ためいけ》ぞいの道をしばらく行くと、前方右手に赤坂田町の家並みが見えた。その家並みに向かって歩を速めたとき、背後からふいに声をかけられた。

「又三さん」

又三がおどろいて振り向くと、菅笠をまぶかにかぶった男が足早に近づいてきて、笠のふちを指で押しあげて又三にニッと笑みを投げかけた。万蔵だった。

「おめえは――」

「先だってはどうも」

万蔵がぺこりと頭を下げると、又三もにやりと笑みを返して、

「奇遇だな。こんなところで行き合うとは」

「ちょうどいいところで会いやしたよ。例の物はお持ちですかい？」

「ああ、持ってることは持ってるが――」

いいながら、又三は油断なくあたりを見廻し、

「ここじゃ人目につくからな。あっちへ行こう」

とあごをしゃくって、溜池端の雑木林にうながした。

「どれぐらい欲しいんだ？」

櫟《くぬぎ》の古木の陰で足をとめて、又三が訊いた。

「二十匁ばかり」

「断っておくが、今回の阿片は極上だ。少々値は高くつくぜ」

「いくらぐらいで？」

「一匁十八文だ」

「てえと、二十匁で三百六十文てことになりやすね」

「ああ」

「わかりやした」

うなずいて、万蔵はふところに手を入れた。が——つぎの瞬間、きらりと光るものを引き抜いて、体ごと又三にぶつかって行った。諸手《もろて》にぎりの匕首《あいくち》を又三の腹にぶち込んだのである。ズンと肉をつらぬく鈍い音がして、匕首は柄元《つか》まで深々と突き刺さった。

「な、何しやがる！」

白目を剝《む》いて又三がわめいた。

「おめえは人の生き血を吸うダニだ。生かしちゃおけねえ」

「ち、ちくしょう！」

「地獄に堕《お》ちやがれ」

吐き捨てながら、万蔵は諸手にぎりの匕首を又三の腹の中でグイと一回転させた。腹の肉がえぐられ、ぶつぶつと音を立てて内臓が切り裂かれた。

又三は細い目をぽかんと見開いている。半開きの口から血のまじったよだれが垂れ落ち、みるみる又三の顔から血の気が引いていった。

匕首を引き抜きざま、万蔵は一間（約一・八メートル）ほど後方に跳び下がった。と同時に、又三の腹部からおびただしい血と白いはらわたが飛び出した。上体をぐらりと泳がせて、又三は櫟の古木の幹にもたれるようにしながら、ずるずると折り崩れていった。

万蔵は匕首を鞘《さや》におさめてふところに仕舞うと、菅笠のふちを深々と引き下げてひらりと身を返し、小走りに雑木林を立ち去った。

2

どこからともなく舞い込んできた一匹の蛾《が》が、行灯のまわりをあわあわしく飛び廻っている。名もしれぬ白い小さな蛾である。

それをぼんやり見ながら、西崎兵庫はひとり黙然《もくぜん》と茶碗酒をかたむけていた。

白い小さな蛾は行灯の笠にぶつかるたびに、パタパタと羽音を立てている。そのかすかな羽音が西崎の心を妙に苛立《いらだ》たせていた。

二人の同志を失い、たった一人になってしまった心細さと、これから先どうやって菱川一派に立ち向かっていけばよいのか、その方策が見えてこない苛立ちが、小さな蛾の羽音に向けられたのである。

「西崎さん、あんたも気をつけたほうがいいぜ。残るのはもうあんたしかいねえんだ。あんたの身にもしものことがあったら、棚倉六万石は一巻の終わりだからな」

仙波直次郎の言葉が耳朶《じだ》によみがえる。菱川一派の探索《たんさく》の手が、いずれ自分の身にも迫るであろうことは、西崎にもわかっていた。

――ここを出るか……。

とも思うが、しかし家移りしたところで、菱川一派が探索をあきらめないかぎり、結局は同じことの繰り返しになるだろう。

いい知れぬ不安と焦燥が、西崎の胸にこみあげてきた。呑《の》みほした茶碗を畳の上におくと、西崎はふいに刀を引き寄せ、抜く手もみせず抜刀した。

きらり。

銀光が一閃《せん》した瞬間、行灯のほの明かりに、真っ二つに切られた白い蛾が、鱗《りん》粉《ぷん》をまき散らしながら、ひらひらと畳の上に舞い落ちた。

——おれは死なん。どんなことがあっても、おれだけは生き残る。

胸のうちでつぶやきながら、西崎は一升徳利《いっしょうどっくり》の酒を茶碗に注いでカッとあおった。

と、そのとき、玄関の戸がからりと開く音がして、廊下に足音がひびいた。

「おゆうか？」

西崎が振り返った。

「はい」

声とともに襖が開いて、おゆうが入ってきた。座敷に向かう途中に立ち寄ったのであろう。やや厚めの化粧をほどこし、あでやかな藤色の着物を着ている。まぶしいほど艶麗《えんれい》なその姿に、西崎は思わず息を呑んで見とれてしまった。

「どうなさったんですか？」

いたずらっぽく笑いながら、おゆうは西崎の前に腰を下ろした。

「いや、なに——、あまりにも美しいのでな」

おゆうは着物の袖で口を隠し、くすりと微笑《わら》った。その仕草《しぐさ》も妙《みょう》に色っぽい。

「たまには兵庫さまにも、お座敷姿を見てもらいたいと思いましてね」

「おまえの酌を受ける客は果報者《かほうもの》だな」

ぎこちない笑みを浮かべて西崎はそういったが、これは本音だった。自分でもふしぎなぐらい熱く切ない感情が胸を満たしていた。はじめて女に妬心《としん》を覚えたのである。おゆうもそれを察知したのだろう。うれしそうに顔をほころばせて、

「じゃ、兵庫さまにも――」

と茶碗に酒を注ぎながら、じりっとにじり寄って、ささやくようにいった。

「いいお知らせがあるんです」

「どんな知らせだ？」

「女将《おかみ》さんが外住まいを許してくれました」

「つまり、おれと一緒に住めるということか？」

「ええ」

「そうか、それはよかった。善は急げだ。仕事が終わりしだい、今夜にでもここに移ってきたらどうだ？」

「兵庫さまさえよろしければ、いつでも――」

「おゆう」

と、おゆうの肩を引き寄せたとき、西崎の五感がただならぬ気配を看取した。

「！」

「どうかなさいましたか？」

「逃げろ、おゆう」

「え」

「裏口から逃げるんだ！」

西崎が低く叫んだ。おゆうはわけがわからず戸惑っている。

「さ、はやく」

「は、はい！」

西崎にうながされるまま、おゆうは身をひるがえして部屋を飛び出した。

ほぼ同時に、縁側の障子《しょうじ》ががらりと開け放たれ、刀をわき構えにした黒影が三つ、猛然と乱入してきた。西崎は刀をつかみ取って跳び下がりながら、抜きつけの一閃を影の一つに送りつけた。間一髪、影は横に跳んで切っ先をかわした。

「菱川の手の者か！」

片膝《ひざ》を突き、刀を正眼に構えながら、西崎が誰何《すいか》した。三つの影はいずれも黒覆面に黒装束で身を固めた武士である。三人は無言のまま下段に刀を構えて西崎の前に立った。

右に一人、正面に一人、左に一人。半円の陣形である。

数瞬、息づまる対峙がつづいた。

――どの男が先に動くか。

西崎の神気《しんき》はその一点に集中していた。狭い屋内で三人が同時に動くことは、まず考えられなかった。味方同士が相討《あいう》ちになる恐れがあるからである。

一人が先に動いて敵の体勢を崩し、そこへほかの二人が斬り込む。剣の心得《こころえ》のある者なら迷わずそうするはずだ。

案の定、左の武士の足がわずかに動いた。

(くる!)

そう感じた瞬間、西崎の体は逆に反応していた。左の武士の動きが〝さそい〟であることを瞬時に読んだ上で、体を右に開いたのである。直心影流の達者である西崎ならではの本能的な直観だったが、結果的にそれが命取りになった。

意に反して、左の武士がそのまま一直線に斬り込んできたのである。

一瞬、激しい混乱が西崎の思考を停止させた。

だが、刀だけは無意識裡《り》に反応していた。体を右に開いたまま、左からの斬撃《ざんげき》を肩越しに受け止めたのだ。

しかし、この無理な体勢からつぎの防御に転じることは、いかな刀術の達者といえども至難《しなん》のわざだった。

左からの斬撃を受け止めた瞬間、右にできたわずかな隙を、正面の武士と左の武士に突かれたのである。右胸と右脇腹に焼け火箸《ひばし》を突き刺されたような熱い痛みが奔《はし》った。

転瞬、漆黒《しっこく》の闇に視界が閉ざされ、意識が薄れた。

がつっ。

肩口に刀刃《とうじん》が食い込む音を聞いた。なぜか痛みはまったく感じなかった。急に体が軽くなったような気がする。無限の闇の中を浮遊しているようなふしぎな感覚だった。すでに聴覚も失せている。

無音、無限、無我の世界……。

全身を血に染めて、幽鬼《ゆうき》のように惘然《もうぜん》と突っ立っている西崎に、さらに容赦《ようしゃ》のない斬撃があびせられた。三方からのメッタ斬りである。

西崎の体が糸の切れた傀儡《くぐつ》のようにゆっくり沈んでゆく。がっくりと両膝を折って畳にひざまずき、一瞬、天をあおぐようにして上体をそらせると、そのまま崩れるように前のめりに倒れ伏した。

「おい」

刀を鞘におさめながら、覆面の武士の一人が庭に向かって声をかけた。植え込みの陰からうっそりと姿を現したのは、『九十九屋』の小頭・武吉である。

「この浪人者にまちがいないな」

武吉に問いかけたのは長身の覆面の武士——大庭典膳だった。

「へい。西崎兵庫にまちがいありやせん」

「よし」

大庭がうなずくと、配下の一人が覆面の下からくぐもった声で、

「死骸はどうします？」

と訊いた。

「こやつの素性が露顕《ろけん》しても、もう案じることは何もあるまい。捨ておけ」

「はっ」

「行くぞ」

大庭にうながされて、二人の覆面の武士と武吉がひらりと翻身《ほんしん》した。

数瞬後、
血まみれで倒れ伏している西崎の手がわずかに、ほんのわずかに動いた。震える指先が畳の上を這《は》っている。

〈ゆるせ、おゆう〉

血文字である。指の動きはそこでとまった。

――ああ……、あ、ああ……。

かすかな衣擦《きぬず》れの音とともに、なまめかしい女のあえぎ声が、ほの暗い行灯の明かりの奥から流れてくる。

白い喉《のど》を見せて、大きく体をのけぞらせているのは、柳橋の芸者・お艶である。

場所は船宿『卯月』の二階座敷。襟《えり》元を大きく開いたお艶の上におおいかぶさり、むさぼるように乳房を吸っているのは、仙波直次郎だった。

この日の夕刻、直次郎は奉行所の帰りに例繰方《れいくりかた》の米山兵右衛にさそわれて、白《しら》魚《うお》橋のちかくの『定八《さだはち》』という居酒屋で、ひさしぶりに兵右衛と酒を酌み交わした。

例によって奉行の鳥居耀蔵を酒の肴《さかな》に、愚痴《ぐち》とも恨み言ともつかぬ話をしながら半刻（一時間）ほど呑んだあと、『定八』で兵右衛と別れて、直次郎は一人でこの『卯月』にやってきたのである。

先日『卯月』をたずねたときには、とうとうお艶には会えずじまいだったが、この日はいい塩梅《あんばい》にお艶も座敷が空いていて、直次郎が声をかけると文字どおり、

（飛ぶようにして）

置屋《おきや》から駆けつけてきたのである。

「旦那、ずいぶんとお見かぎりでしたね」

開口いちばん、お艶は厭味《いやみ》をいったが、直次郎がなだめるように肩を引き寄せると、たちまちお艶の機嫌は直り、甘えるように鼻を鳴らして体をあずけてきた。その結果がこの有り様である。

「は、はやく、はやく旦那のを入れて――」

お艶が体をくねらせながら、せがむように口走っている。

「そう急《せ》かすな。ひさしぶりに肌を合わせたんだ。ゆっくり楽しもうぜ」

「もう、旦那って意地悪なんだから」

軽くにらんで、お艶は直次郎の下腹に手をのばした。

「おい、おい」

「ほら、旦那だって、もうこんなに固くなって」

お艶の手は直次郎の着物の下前《したまえ》をはぐって、下帯の上から一物《いちもつ》をにぎっている。

「おめえが妙な真似をするからさ」

「でも、こうすると気持ちがいいんでしょ」

「よせよ。それだけでいっちまいそうだぜ」

「うふっ」

と笑って、お艶はむっくり上体を起こした。

「じゃ、いかせてあげる」

いうなり直次郎の股間に顔をうずめ、下帯のわきから隆起した一物をつまみ出すと、お艶はためらいもなくそれを口にふくんだ。

「だ、だめだ。ほんとにいっちまうぜ」

お艶の口中で一物がひくひくと脈打ちはじめている。

「いいんですよ。口の中で出しても」

上目づかいに直次郎の顔を見ながら、お艶は口をすぼめて一物を出し入れしている。

「ちょ、ちょっと待て」

直次郎はあわてて腰を引いた。お艶の口からするりと一物が抜ける。

「おれ一人でいい思いをするのは気が引ける。一緒に楽しもうぜ」

「ふふ、旦那ってやさしいんですね」

艶然と微笑《わら》いながら、お艶が腰をあげた。直次郎は着物の下前をはぐってあぐらを組んだ。怒張《どちょう》した一物が股間に垂直に立っている。

お艶も着物の前を開いた。白い下肢がむき出しになる。開いた着物をたくしあげて、直次郎の膝の上にまたがり、ゆっくり腰を下げてゆく。いわゆる〝座位〟である。

お艶の恥丘《ちきゅう》に直次郎の一物の尖端がこつんと当たった。

「もっと下——」

お艶が小さくいう。

「ここか？」

と直次郎は一物をにぎって、尖端をお艶の切れ込みにあてがう。

「そう、そこ」

「おう、結構なおしめりだ。たっぷり濡れてるぜ」

「旦那が焦《じ》らすからですよ」

いいつつ、お艶が腰をぐっと下げた。まさにその瞬間である。

「旦那！　仙波の旦那！」

突然、階下からお勢の声がひびいた。お艶はあわてて腰をあげて乱れた着物を直した。直次郎もはじけるように立ち上がって、手早く身づくろいをする。

「旦那！　ちょっときてくださいな！」

「どうした？」

がらりと襖を引き開けて、直次郎とお艶は廊下に飛び出した。

「ちょっと、ちょっと」

と階段の下で、お勢が手招きしている。二人が階段を駆け下りると、帳場の横の小部屋で、芸者ふうの若い女が畳に突っ伏して泣きくずれていた。おゆうである。

「なんだ、おゆうじゃねえか」

「あら、旦那、おゆうさんを知ってるの？」

お艶がけげんそうにいった。

「おめえがいねえときに一度会ってるんだ。どういうことなんだ？　これは」

お勢に顔を向けて、直次郎が訊いた。

「ごらんのとおり、すっかり取り乱しているので、わたしにもよくわからないんですけど――」

お勢が困惑したようにいう。

「どうやら、この妓《こ》のいい人の身に何かあったようなんですよ」

「いい人、てえと？」

「西崎兵庫というご浪人さん」

「何だって！」

直次郎が目を剝いた。

「旦那、ご存じなんですか？」

お勢がいぶかる目で訊いた。

「うん、ちょっとな」

と、あいまいにうなずきながら、直次郎はおゆうのかたわらに片膝をついた。

「おい、西崎の身にいったい何があったんだ？」

「――わかりません」

聞き取れぬほど小さな声でそう応えると、おゆうはゆっくり顔をあげて、泣きはらした赤い目で直次郎を見た。

「いきなり、わたしに〝逃げろ〟って」

「逃げろ？」

「何が起きたのか、わたしにもさっぱりわけがわかりませんでした。ただ、いわれるまま、無我夢中で逃げてきたんです」

「で、西崎はどこにいるんだ？」

「阿部川町の自宅です」

「よし」

と直次郎が腰をあげた。

「おれが様子を見てこよう」

「わたしも行きます」

おゆうも立ちあがった。

「旦那、あたしも――」

と心配そうな顔でいうお艶に、

「おめえはここで待っててくれ。すぐもどってくる」

いいおいて、直次郎は背を返した。おゆうがすかさずそのあとにつく。

四半刻（約三十分）後、二人は浅草阿部川町の西崎の自宅の玄関の前に立っていた。

引き戸はぴたりと閉ざされて、家の中はひっそりと静まり返っている。直次郎は右手を刀の柄頭《つかがしら》にかけ、左手で用心深く戸を引き開けた。

廊下の奥にほの暗い明かりが洩れている。直次郎はそっと三和土《たたき》に足を踏み入れて中の気配をうかがうと、背後に立っているおゆうに低く声をかけた。

「べつに変わった様子はなさそうだ。入ってみるか？」

おゆうがこくりとうなずく。

二人は廊下にあがり、足音をしのばせて奥の部屋に歩を進めた。

居間の襖が開けっ放しになっている。明かりはそこから洩れていた。

「！」

部屋の中をのぞき込んだ瞬間、直次郎はいきなり後頭部をぶちのめされたような烈《はげ》しい衝撃を受けた。棒を呑み込んだように全身が固まっている。

目をおおわんばかりの惨烈《さんれつ》な光景がそこにあった。

「何か？」

おゆうが不安げな表情で、直次郎の背後に歩み寄った。

「おめえは見ねえほうがいい」

あわてておゆうの体を押し返したが、おゆうはその手を振り払い、思いがけぬ力で直次郎を押しのけると、制止する間もなく部屋の中に飛び込んで行った。

「兵庫さまッ！」

おゆうの悲鳴があがった。血を吐くような悲痛な叫びだった。つぎの瞬間、おゆうは崩れるようにその場に膝を突き、細い肩を烈しく震わせて号泣した。

「………」

敷居《しきい》ぎわに立ちすくんだまま、直次郎は泣き崩れるおゆうの背中を、なすすべもなく黙って見ていた。

いまのおゆうには、どんな慰《なぐさ》めの言葉も意味を持たないだろう。悲しみを流してくれるのは涙しかない。そして、その涙もやがては涸《か》れ果て、悲しみもそこでつきる。

——泣くだけ泣くがいい。

胸のうちで、直次郎はそう語りかけていた。

おゆうの号泣がやがて嗚咽《おえつ》に変わり、それからしばらくののち……。

おゆうがふっと顔をあげた。何かがふっきれたようにさっぱりした表情をしている。膝立ちになって、血まみれの西崎の死体ににじり寄って行った。

畳に飛び散った血は、すでにどす黒く変色して固まっている。

西崎の乱れた髪をやさしく撫《な》でつけながら、おゆうは西崎の指先に目を移した。

畳の上に血文字が浮かんでいる。

〈ゆるせ、おゆう〉

その文字は、敷居ぎわに立っている直次郎の目にも、はっきり読み取れた。

「なぜ？——」

血文字を指先でなぞりながら、おゆうは物いわぬ西崎の死体にうつろに語りかけた。

「なぜ、兵庫さまが謝らなければならないんですか？」

問いかけではなかった。西崎がいまわのきわに書き残した血文字の意味を、おゆうはみずからに語りかけることによって、斟酌《しんしゃく》しようとしているのである。

うつろなおゆうの声を聞きながら、直次郎はそう理解した。

翌日の午後——。

直次郎は支配与力《よりき》の使いで木挽《こびき》町の大番屋に書類を届けた帰り、万蔵の店をたずねようと思い立って南本所に足を向けた。

日本橋を渡って室町通りにさしかかったとき、前方の人混みの中に、大きな台箱を背負ってせかせかと歩いている小夜の姿を見つけて、直次郎は足をとめた。

「よう、小夜」

直次郎が声をかけると、小夜はにっこり笑って小走りに近づいてきた。

「ひさしぶりですね、旦那」

「仕事帰りか？」

「うん。よかったら、そのへんでお茶でも飲まない？」

「いいだろう」

室町一丁目の東角に、老夫婦がやっている小さな団子屋があった。焼き団子の香ばしい匂いが通りまでただよってくる。二人はその店に入り、焼き団子二皿と茶を注文した。

「半次郎に仕事を断られたそうだな」

団子を頬《ほお》張りながら直次郎がそういうと、小夜は急に憤然とした面持ちになって、

「あんな冷たい男だとは思わなかった。見損なったわ」

と声をとがらせていった。

「だからいっただろう。半の字なんか当てにならねえってな。あいつは元締めの忠犬なんだ。情でも金でも動かねえ男なのさ」

「ふん。可愛《かわい》げのないやつ」

「ところで、お秀って女はどうしてる?」

「だいぶ元気になったわ。もともとお秀さんは気丈《きじょう》なひとだから、立ち直るのもはやかったみたい」

「そうか。それはよかった」

お秀が立ち直ったことで、どうやら小夜の気持ちもすっかり落ち着いたようである。大きな眸《め》をくるくる廻しながら、お秀の近況をうれしそうに語る小夜を見て、直次郎は、

(お秀のためにも、小夜のためにもこれでよかったんだ)

と胸のうちでつぶやいていた。

乙次郎の怨《うら》みを晴らす、と息巻いていた小夜の口からは、ついに怨みの「う」の字も出なかった。それが直次郎にとって唯一の救いだった。もっとも西崎兵庫が死んだいまとなっては、乙次郎殺しの真相は永遠に闇の中なのである。仮に小

夜がその一件をむし返したとしても、もはや真相を知る手だてはないだろう。

「それはそうと――」

茶をすすりながら、直次郎が思い出したようにいった。

「〝丸に九の字〟の商人に心当たりはねえかい？」

「丸に九の字？」

「顔の広いおめえなら知ってるんじゃねえかと思ってな」

「そういえば、どこかで見たことが――」

小夜は思案顔で首をかしげたが、

「あ、そうそう、深川佐賀町の『九十九屋』が〝丸に九の字〟だったわ」

小夜の常連客の一人に佐賀町の廻船問屋『土佐屋《とさや》』の内儀《おかみ》がいる。『九十九屋』はその『土佐屋』の三軒先にある小さな廻船問屋で、看板に〝丸に九の字〟の定紋が記されているのを見たことがある。

「ほう、『九十九屋』ってのは廻船問屋か」

「去年の春ごろ開業したので、まだ株仲間にも入ってないらしいですよ」

「どうりで聞き覚えのねえ屋号だと思ったぜ」

「それがどうかしたんですか」

「いや、なに——、上役からちょいと調べごとを頼まれてな」

「ふーん」

と気のない顔でうなずきながら、小夜は二串の焼き団子をぺろりと平らげて、

「あたしそろそろ行かなくちゃ。悪いけど旦那、あたし細かいお金持ってないの。お団子代払ってくれる？」

「ああ、いいとも」

「ありがと」

ぺこりと頭を下げて、髪結道具の入った台箱を背負うと、小夜はそそくさと団子屋を出て行った。

3

「やァ、旦那」

帳場格子の中で十露盤《そろばん》をはじいていた万蔵が、顔をあげて振り返った。

半分だけ開け放たれた腰高《こしだか》障子戸のあいだから、長身を折るようにして仙波直次郎がうっそりと入ってきた。

「一度うかがわなきゃいけねえと思ってたんですがね、この二、三日やけに仕事が忙しくて、つい——」

いいわけがましくつぶやきながら、万蔵は帳場格子から出てきた。

「仕事が忙しいのは結構なことじゃねえか」

直次郎は上がり框《がまち》に腰を下ろすと、すぐに用件を切り出した。

「西念寺横丁の調べはどうなった？」

「抜かりなく」

万蔵が得意げに小鼻をふくらませた。

「又三って売人を突きとめやしたよ」

「で？」

「そいつの線から密売元が割れやした。赤坂表伝馬町の『翠泉堂』って唐物屋です」

「なるほど、唐物屋か」

「阿片の抜《ぬ》け荷《に》にも関わっているんじゃねえでしょうか」

「おそらくな」

「ついでに又三って売人は、あっしが始末しやした」

「万蔵」

直次郎の顔が急に険《けわ》しく曇《くも》った。

「西崎兵庫が殺されたぜ」

「え」

一瞬、万蔵は瞠目《どうもく》したが、すぐに考え込むような顔つきになって、

「下手人《げしゅにん》は乙次郎の隠密仲間ってことですかい？」

「いや」

直次郎は言下《げんか》に首を振った。

「おめえにはまだ話していなかったが――」

といって、ひげの剃《そ》り残しのあるあごをぞろりと撫でながら、西崎兵庫が国元《くにもと》の筆頭家老・本多清左衛門の意を受けて、江戸家老・菱川監物と阿片一味との関わりを探っていたことや、西崎と行動を共にしていた二人の同志が忽然《こつぜん》と消息を絶ったことなどを打ち明けた。

「へえ。そんなややこしい事情があったんですかい」

「西崎を殺したのは、菱川一派の手の者にちがいねえ」

「ひょっとして、旦那」

万蔵が小さな目をきらりと光らせて、探るように直次郎を見た。

「それを〝裏〟の仕事に廻そうって魂胆《はら》ですかい？」

「まァ、事としだいによってはな。──だが、その前にもう一つ、おめえに頼みてえことがあるんだ」

「どんなことで？」

「おめえ、『九十九屋』って廻船問屋を知ってるか」

「いえ」

「その『九十九屋』の人足どもが西崎の仲間の家を探っていたそうだ」

「へえ。そりゃまた妙な話ですね」

「棚倉藩の江戸家老・菱川監物と阿片密売元の『翠泉堂』、そして廻船問屋の『九十九屋』、この三人は阿片がらみでつながってるにちがいねえ」

「ひょっとして、『九十九屋』が阿片の抜け荷買いをやってたんじゃねえでしょうか」

「頼みってのはそれよ。裏を取ってもらいてえんだが、やってくれるか？」

「へへへ」

万蔵が黄色い歯をみせて笑った。古着屋仲間からは強面《こわもて》で知られている万蔵だが、笑うと存外愛嬌《あいきよう》のある顔をしている。

「あっしが一度だって旦那の頼みを断ったことがありやすか」

「わかってるさ。おめえにはたっぷり借りがある。そのうちまとめて返させてもらうぜ」

直次郎も笑みを浮かべ、ふところから小粒を取り出して、ポンと万蔵の膝元に投げ出すと、最後にこう付け加えた。

「場所は深川の佐賀町だ」


初更《しよこう》——戌《いぬ》の刻《こく》(午後八時)ごろ。

棚倉藩の麻布中屋敷の門前に、一挺《ちよう》の塗り駕籠《かご》がとまった。陸尺《ろくしやく》の一人が長屋門の面番所の窓に低く声をかけると、ほどなく門扉が重々しい音を立てて開き、塗り駕籠は静々と門内に消えて行った。

屋敷の玄関先で駕籠から下り立ったのは、江戸家老の菱川監物である。式台《しきだい》の上で、徒目付頭の大庭典膳が菱川を待ち受けていた。

「お待ちしておりました。翠泉堂も来着しております」

「そうか」

鷹揚《おうよう》にうなずくと、菱川はたっぷり肉のついた体を大儀そうにゆすりながら式台にあがり、大庭のあとについた。

奥書院には豪華な膳部《ぜんぶ》が用意されており、先着した翠泉堂のあるじ・惣兵衛が手酌で酒杯をかたむけていたが、入ってきた大庭を見てあわてて居住まいを正し、

「お先にやらせていただいております」

深々と低頭《ていとう》した。

「うむ」

菱川が着座すると、惣兵衛はすかさずにじり寄って、酒杯に酒を注《つ》いだ。菱川はそれを一気に呑みほして、

「翠泉堂、よい知らせがあるぞ」

といった。

「よい知らせと申されますと?」

「本多が差し向けた例の密偵だが、先夜、残る一人を大庭が始末した」

「さようでございますか」

満面に笑みを浮かべて、惣兵衛は大庭に向き直った。

「大庭さまにはいろいろお手数をおかけいたしました。おかげさまでこれから手前どもも安心して商《あきな》いに精を出すことができます」

大庭も満足げにうなずいてみせた。

「菱川さま、手前のほうからもよい知らせがございます」

「何じゃ？」

「いよいよ明後日《あさって》の晩、長崎から船が着くそうで」

「そうか」

「このたびは前回の倍の荷を仕入れたと、『九十九屋』さんが申しておりましたので、手前どもも楽しみにしております」

「それは重畳《ちょうじょう》。この商いは稼げるときに稼いでおかんとな」

「七年前の例もございますし」

「翠泉堂、いまさら七年前の話を持ち出すことはあるまい」

大庭が顔をしかめて、叱りつけるようにいった。

「拙者が目を光らせているかぎり、あのときの轍《てつ》は絶対に踏ませぬ」

「それはもう、大庭さまのご庇護《ひご》があっての手前どもですから、決して心配はしておりません。大船に乗ったつもりでおりますよ」

追従《ついしょう》笑いを浮かべながら、歯の浮くような世辞を、惣兵衛はぬけぬけといってのけた。

「それはさておき——」

呑みほした酒杯をおもむろに膳部におくと、菱川は薄笑いを浮かべながら、惣兵衛に好色そうな目を向けた。

「妓《おんな》はきておるのか？」

「はい。先ほどからとなりの部屋に」

と腰をあげて、惣兵衛は隣室の襖を静かに引き開けた。思わず菱川と大庭の口から、

「ほう」

と吐息が洩れるほど、異様な光景がそこにあった。

薄暗い部屋の四隅に、淡い真紅の光彩を放つ雪洞《ぼんぼり》がおいてあり、部屋一面に敷きつめられた緋緞子《ひどんす》の豪華な夜具の上では、薄手の長襦袢《じゆばん》をまとった三人の女が、ゆらゆらと体をゆすりながら、陶然《とうぜん》とした面持ちで阿片吸引用の長煙管《ながぎせる》をくゆらせている。

雪洞の淡い真紅の明かりが、立ち込める阿片の煙に妖《あや》しく映えて、まるで紅色

の薄幕を張ったような妖美《ようび》な雰囲気《ふんいき》をかもし出している。まさにそこは桃源《とうげん》郷《きょう》の世界といえた。

「いかがでございましょうか」

惣兵衛が振り返って、二人を見た。

「ふふふ、さすがは翠泉堂、なかなかの趣向じゃ」

菱川の顔はほころびっ放しである。

惣兵衛は表伝馬町の唐物屋のほかに、赤坂田町で『紅扇楼《こうせんろう》』という大きな茶屋もいとなんでいる。三人の女はその『紅扇楼』から選び抜いてきた〝麦飯〟である。

「この妓どもは阿片に酔っておりますので、いかようなあつかいを受けても雌犬《めすいぬ》のようによろこんで従います。どうぞ、心ゆくまでお楽しみくださいまし」

「そうか。では」

と菱川は破顔《はがん》して立ち上がり、大庭をうながして隣室に入って行った。

三人の女は気にもとめずに、あいからわず体をゆらゆらとゆらしながら、陶然と阿片を吸っている。菱川と大庭は手早く着物を脱ぎ捨てて下帯ひとつの姿になり、女たちのかたわらにどかりと座り込むと、なめるような視線を女たちの体に這わせた。薄衣《うすぎぬ》の下に白い裸身が透《す》けて見える。

「わしは、この妓がよい」

菱川が一人の女の手を取った。若い女である。歳のころは十八、九だろうか。器量は十人並みだが、肉《しし》おきのいい引き締まった体をしている。

女は表情のないトロンとした目で菱川を見た。菱川の節《ふし》くれ立った手が荒々しく女の薄衣を剝《は》ぐ。下には何も着けていない。文字どおり一糸まとわぬ全裸である。

菱川が背後から抱きすくめるようにして乳房をもみしだいた。だが、女はまったく反応を示さない。

「立て」

菱川が命じる。いわれるままに女は立ち上がった。菱川は女の前に廻り込んで、下からすくいあげるように女の秘所を見た。黒々と秘毛におおわれている。

「もそっと脚を開け」

女は素直に両脚を開いた。

秘毛におおわれたはざまの奥に薄桃色の切れ込みが見える。菱川はそこに口を当てて蜜壺《みつつぼ》を吸った。淫靡《いんび》な音を立てて蜜壺をむさぼる菱川のすぐとなりで、大庭がべつの女の乳房を吸いながら、もう一人の女の秘孔に指を入れている。

以前、上屋敷に出入りしている御用聞きから菱川の不行跡《ふぎょうせき》に関する情報を得た西崎が、同志の室田庄九郎にいった「酒池肉林《しゅちにくりん》の乱行《らんぎょう》」とは、まさにこのことだったのである。

4

箱崎川の川面に薄墨色《うすずみ》の夕靄《ゆうもや》がただよっている。

ときおり水草の茂みから、水鶏《くいな》の鳴き声が聴こえてくる。そのか細い鳴き声が、あたりの静けさをいっそうきわ立たせていた。

ぎし、ぎし、ぎし……。

と、かすかな櫓音《ろおと》がひびき、夕靄の奥に猪牙舟《ちょきぶね》の舟影がにじみ立った。

櫓をあやつっているのは、半次郎である。日本橋で拾った遊客を浜町に送っての帰りだった。櫓をひと漕ぎするたびに、猪牙舟は水を切って力づよく川をさかのぼって行く。

ほどなく前方に船着場の桟橋《さんばし》が見えた。半次郎は櫓を漕ぐ手をふとゆるめて、不審《ふしん》な目を夕靄の奥にすえた。桟橋に人影が立っている。

舟をさらに近づけてみると、人影は万蔵だった。

「待ってたぜ、半さん」

「あっしに何か？」

表情のない顔で半次郎が訊いた。

「ちょいと、その舟を貸してもらえねえかい」

「何に使うんで？」

「そいつは内緒だ」

「…………」

半次郎はちょっと考える仕草をみせたが、舟を桟橋につけると身軽に桟橋に跳び移り、

「どうぞ」

といって、もやい綱を万蔵に手渡した。

「すまねえな。じゃ借りて行くぜ」

ぴょんと舟に飛び乗ると、万蔵は慣れた手つきで櫓を漕ぎはじめた。

猪牙舟は喫水《きっすい》が浅く、舟幅が狭いためにきわめて安定が悪く、乗るだけでもひ

と苦労なのだが、どこで覚えたものか、万蔵は本職の半次郎が舌を巻くほど、たくみな櫓さばきで舟を漕ぎ出して行った。

箱崎川を下って行徳河岸を左に折れ、そのまま北東に向かうと、やがて前方に蘆《あし》におおわれた中州《なかす》が見えた。通称「三股《みつまた》」という。背後に見える巨大な島影は霊岸島《れいがん》である。

いつの間にか、薄墨色の夕霭が夜の闇に変わっていた。

対岸に見える無数の灯影《ほかげ》は、深川佐賀町の町明かりである。

猪牙舟の舳先《へさき》を、三股の蘆の茂みに突っ込ませて舟をとめると、万蔵は艫《とも》に腰を下ろして煙草盆《たばこぼん》の煙管を取り、きざみ煙草をつめてのんびりとくゆらせはじめた。

きのうの夕方、万蔵は佐賀町の舟子《ふなこ》（乗組員）たちが溜まり場にしている居酒屋で、耳よりな情報を入手した。それによると、今夜六ツ半（午後七時）ごろ、佐賀町の船溜《ふなだ》まりに廻船問屋『九十九屋』の弁財船が、長崎から一カ月ぶりに到着するらしい。

それだけなら、べつにどうということもないのだが、舟子の一人がいうには、二、三日前から『九十九屋』の荷揚げ人足連中が、まるで宝船を待つようにはしゃいでいたそうである。その話を耳にした瞬間、万蔵の脳裏に一抹《いちまつ》の疑念がよぎった。

――ひょっとして、その船が阿片の抜け荷買いを……？

むろん、それを裏付ける証拠は何もない。万蔵の勘である。仙波直次郎に報告すべきかどうか迷った末に、

――とにかく、この目でたしかめてみよう。

と思い、半次郎の猪牙舟を借りて三股にやってきたのである。

三股は大川の河口に位置する中州である。ここに舟をとめておけば、江戸湊から大川に遡行《そこう》してくる大型の船は一目で確認できる。

待つこと四半刻（約三十分）。

白い月明《げつめい》を反照して、大川の川面に銀色のさざなみが立っている。

煙管に三服目の煙草をつめようとしたとき、ふいに万蔵の目が白く光った。

永代橋の下をくぐって、ゆったりと遡行してくる大型船の船影が、万蔵の目路《めじ》に入ったのである。船上には船行灯《ふなあんどん》の黄色い明かりが灯っている。

（あの船にちがいねえ）

煙管を煙草盆にもどすと、万蔵はすばやく立ち上がって櫓を漕ぎはじめた。

川の中ほどまで漕ぎ出すと、船の輪郭がはっきりと視認できた。五百石積みの弁財船である。船腹に〝丸に九の字〟の船印と『竜神丸《りゆうじんまる》』の船名が記されている。

万蔵は懸命に櫓を漕いだ。

『竜神丸』の船影が眼前にぐんぐん迫ってくる。その距離が十間（約十八メートル）ほどに迫ったとき、万蔵は櫓を漕ぐ手をゆるめて『竜神丸』をやりすごし、その後方にぴたりと舳先を向けて追走した。

ややあって……、

『竜神丸』の船上がにわかにあわただしくなった。

数人の水夫たちが帆を下ろしはじめたのである。舵取《かんどり》の大声がひびき、『竜神丸』は船体を右に大きくかたむけながら、佐賀町の町明かりに向かって旋回していった。

前方に船溜まりが見えてきた。

『竜神丸』は速度を落としながら、船溜まりの一角に滑《すべ》るように入って行く。ほどなく錨《いかり》を下ろす水音がして、『竜神丸』はゆったりとその動きをとめた。

それを見届けると、万蔵は『竜神丸』のとなりに碇泊《ていはく》している千石船の舷側《げんそく》にぴたりと猪牙舟をつけ、胴《どう》ノ間《ま》に身をひそめて『竜神丸』の様子をうかがった。

しばらくして……、
船着場のほうから、櫓をきしませて小舟が漕ぎ寄せてきた。舳先に〝丸に九の字〟の定紋入りの舟提灯《ふなぢょうちん》を下げている。『九十九屋』の艀だった。三人の男が乗っている。

艀が『竜神丸』の右舷に舟べりを寄せると、それを待ち受けていたように、船上からするすると縄梯子《なわばしご》が下りてきた。三人の男たちが次々とその縄梯子を登って行く。

人足小頭の武吉と配下の二人の人足だった。

「ご苦労だったな」

船上で武吉の低い声がした。

「荷はどうしやすか？」

と訊いたのは『竜神丸』の船長《ふなおさ》らしい。嗄《か》れた声である。

「『翠泉堂』には明日《あす》届けることになってるんだ。万一のために今夜は船に積んだままにしといてくれ。荷揚げは明日の朝だ」

「わかりやした」

「すまねえが、おめえたちも今夜一晩だけ、荷と一緒にこの船に泊まってくれ」

「へい」

「酒を持ってきた。たっぷり呑んでくんな」

「それはどうも」

人足の一人が船長らしい男に角樽《つのだる》を手渡した。

「じゃあな」

といって、武吉と二人の人足は、ふたたび縄梯子を使って艀に乗り移り、船着場のほうへ漕ぎ去って行った。千石船の舷側の陰でその様子を見ていた万蔵は、艀が闇の奥に消えるのを待って、ゆっくり櫓を漕ぎはじめた。


行灯の明かりの下で、仙波直次郎は酒を呑みながら、洒落本《しゃれぼん》を読んでいた。

八丁堀の組屋敷の居間である。

時刻は五ツ半（午後九時）ごろだろうか。

妻の菊乃はもうとっくに床についていたが、なぜか直次郎はなかなか寝つかれず、厠《かわや》に起きたついでに台所から貧乏徳利を持ってきて、一人でちびちびやりはじめたのである。

茶碗に二杯ほど呑んだが、眠気どころか酔いも一向に廻ってこない。

三杯目の酒を茶碗に注いだとき、庭の植え込みがかすかに揺れる音がした。酒を注ぐ手をとめて、直次郎はけげんそうに振り向いた。

「旦那——」

障子の向こうから、低い男の声がした。直次郎は腰をあげて静かに障子を引き開け、濡れ縁に立った。植え込みの陰に人影がうずくまっている。

「万蔵か」

「こんな時分に申しわけありやせん」

押し殺した低い声である。

「何かあったか」

「つい先ほど、『九十九屋』の船が佐賀町の船溜まりに入りやした」

「『九十九屋』の船が？」

「長崎から抜け荷の阿片を運んできたようで」

「そうか。やはり『九十九屋』が阿片の抜け荷買いをしていたか」

「明日の朝荷揚げをして、赤坂の『翠泉堂』に運ぶ段取りになっておりやす」

「すると、阿片はまだ船の中にあるんだな？」

「へい」

直次郎の目がきらりと光った。

「すまねえが万蔵、その船に案内してもらえねえか」

「いまからですかい？」

「阿片が『翠泉堂』の手に渡ったら、あっという間に江戸中に広がっちまうからな。その前になんとか手を打たなきゃなるめえ」

「わかりやした。表で待ってやす」

そういうと、万蔵はひらりと身をひるがえして、庭の奥の闇に姿を消した。

すぐさま直次郎は身支度《じたく》をととのえると、腰に大刀を落とし差しにして、寝間の菊乃に気づかれぬように足音をしのばせて家を出た。

第六章　弁財船《べざいせん》炎上

1

月に薄雲がかかり、空が暗くなっていた。

大川の川面には墨《すみ》を流したように闇がよどんでいる。その闇の奥に数十艘《そう》の船が黒々と影をつらねて、眠るようにひっそりと碇泊《ていはく》している。

深川佐賀町の船溜《ふなだ》まりである。

碇泊している船と船のあいだを、水すましのように音もなく滑《すべ》ってくる小さな舟影があった。仙波直次郎と万蔵が乗った猪牙舟《ちょきぶね》である。万蔵は櫓音《ろおと》を立てぬように水棹《みさお》で舟を漕いでいる。

「あれです」

万蔵が水棹をとめて、指さした。

『竜神丸』の黒い船体が眼前に迫っていた。船上の屋形《やかた》の窓にほんのりと明かりがにじんでいる。屋形は船長《ふなおさ》が操船の指揮《しき》をとる部屋である。

『竜神丸』の右舷《うげん》の船腹にぴたりと舟を寄せると、万蔵はふところから鉤縄《かぎなわ》を取り出して、鉤先をぐるぐる廻しはじめた。加速がついたところで投擲《とうてき》する。

カチッ。

かすかな音がして、鉤先が船べりにかかった。

「あっしが先に行きやす」

小声でそういうと、万蔵は猿《ましら》のような身軽さで縄をよじ登って行った。

船上に人影はなかった。万蔵が縄を引いて合図《あいず》を送ると、その縄をつたって直次郎も登ってきた。すかさず万蔵が直次郎の手をとって船べりに引き揚げる。

「舟子《ふなこ》は何人ぐらいだ？」

直次郎が声をひそめて訊いた。

「たぶん、七、八人でしょう」

通常、千石船の乗組員は十五、六人。五百石船は十人前後である。船長を筆頭に賄方《まかないがた》（事務長）、親父《おやじ》（航海長）などの上級幹部を三役といい、その下に舵《かん》取《どり》や水夫《かこ》（一般船員）が五人ほどいる。

（よし）と目顔《めがお》でうなずいて、直次郎は屋形の梯子《はしご》を登って行った。万蔵もあとにつづく。

屋形の板壁に体を張りつけ、そっと障子《しょうじ》窓を押し開けて中をのぞき込む。そこは六畳ほどの板敷になっていて、床に常夜灯《じょうやとう》代わりの船行灯《ふなあんどん》がおいてある。人の気配はなかった。

二人は障子窓から屋形の中に体を滑り込ませた。

腰かけ用の空き樽《だる》が二つ、輪にたばねた艫綱《ともづな》や身綱《みづな》、手筈《てはず》、大小の南蛮《なんばん》（滑車）、舵柄《かじづか》といった船具類が乱雑に散らばっている。

屋形の奥の暗がりに、胴《どう》ノ間《ま》に下りる小さな階段があった。

二人は用心深く足音を消しながら、階段を下りて行った。階段の下は二間（約三・六メートル）四方の踊り場になっており、その空間を境に胴ノ間は二つの部屋に分かれていた。

船首部分が八畳ほどの畳部屋、船尾部分が船荷を積み込む船艙《せんそう》である。

ほの暗い明かりを灯《とも》した畳部屋で、七、八人の男たちが雑魚寝《ざこね》をしていた。つい寸刻前まで酒盛りをしていたらしく、男たちが吐き出す酒臭い息と干魚《ひうお》を焼いた煙の臭い、そして、雷のようないびきが部屋の中に充満している。

「旦那」

万蔵が声をひそめて、直次郎を船艙にうながした。

一歩、船艙に足を踏み入れたとたん、異様な臭いが鼻をついた。干鰯《ほしか》や干し鮑《あわび》、煎《い》りなまこなどの乾物類の臭いである。船艙の奥まで俵詰めの荷が山積みにされている。

直次郎の目が戸口のそばの木箱にとまった。五尺（約一・五メートル）四方の真四角な箱である。蓋《ふた》を取ってみると、中に拳《こぶし》大の桐油紙《とうゆがみ》の包みがぎっしり詰まっていた。

その一つを開いてみた。中身は茶色の粉末である。一包み五百匁はあるだろう。

「まちがいねえ。阿片《あへん》だ」

直次郎が低く、うめくようにいった。

「どうしやす？」

「このままほっとくわけには――」

いかねえだろう、といいかけたとき、直次郎の顔がふいに硬直した。背後に人の気配を感じたのである。万蔵も気づいて顔を強張《こわば》らせた。戸口に立ちすくんだまま、二人は息を殺して背後の気配を探った。

「誰かいるのか？」

だみ声がひびき、足音が接近してきた。直次郎の手が刀の柄《つか》にかかった。万蔵もふところに手をしのばせて匕首《あいくち》の柄をにぎった。足音がぴたりととまり、

「な、なんだ！　てめえたちは」

突然、怒声《どせい》がわき起こった。直次郎は振り向きざま、床を蹴《け》って刀を鞘走《さやばし》らせた。

「わっ！」

と悲鳴をあげて転倒したのは、小肥《こぶと》りの水夫だった。顔面を血に染めて踊り場をころげ廻っている。胴ノ間のほうが騒がしくなった。

「万蔵、ずらかるぜ」

「へい」

猛然と船艙から飛び出すと、二人は階段を一気に駆けのぼって屋形に出た。

胴ノ間から、男たちのわめき声と入り乱れた足音がひびいてくる。

「上だ！　屋形だ！」

「逃がすんじゃねえ！」

「追え！」

だだだっ、と階段を踏み鳴らす音がした。

直次郎と万蔵は、屋形の板戸を引き開けて船首の甲板《かんぱん》に飛び下りた。二人のあとを追って脇差や匕首《どす》、手鉤、梶棒《こんぼう》などを持った男たちが、どっと屋形から飛び出してきた。総勢七人である。手鉤をかざした男が、屋形の梯子から身を躍《おど》らせて直次郎に飛びかかってきた。

しゃっ！

直次郎の刀が一閃《せん》した。男は首から血を噴いてのけぞった。

「野郎！」

熊のように図体の大きい男が、梶棒をふり廻して万蔵に襲いかかってきた。万蔵は身を沈めて梶棒をかわし、男の腹に匕首を叩き込んだ。切っ先が下腹をつらぬき、腰骨に当たったった。すぐさま引き抜いて背を返した。船長らしき坊主頭の男が背後に迫っていた。

ひゅうっ。

頭上で音がした。脇差を逆手《さかて》に構えた男が帆綱《ほづな》にぶら下がり、直次郎目がけて振り子のように宙を飛んできた。間一髪、それを下から薙《な》ぎあげる。

「ぎゃっ」

と悲鳴をあげて、その男は川面に転落していった。

横合いから手鉤が飛んできた。ずばっと上から刀を叩きつける。手鉤をにぎったまま、男の手首が切断され、直次郎の肩をかすめて飛んでいった。

万蔵は坊主頭の男と闘っている。それを横目に見ながら、直次郎は五人目の男を袈裟《けさ》がけに斬り伏せると、すぐさま背を返して坊主頭の首を薙いだ。

万蔵の頭の上を、坊主頭の首が蹴鞠《けまり》のように飛んでいく。

残る一人が脇差を振りかざして死に物狂いで斬りかかってきた。直次郎が横に跳んで脇差をはね上げる。男の胴がのびたところへ、万蔵が諸手突きの匕首をぶち込んだ。

「これで全部か」

刀の血ぶりをして納刀しながら、直次郎が訊いた。

「そのようで」

万蔵も匕首を鞘におさめてふところに仕舞い込み、

「阿片はどうしやす?」

と訊き返した。

「船ごと始末する」

「え」

「おめえは、ここで待っててくれ」

いいおいて、直次郎はすばやく屋形の梯子に身を躍らせた。

出入口の板戸は開けっ放しになっていた。そこから屋形の中に入った。床におかれた船行灯がジリジリと音を立ててほの暗い明かりを灯している。油皿を見ると、まだたっぷり油が残っていた。直次郎はいきなり船行灯を蹴倒した。

ぼう、と炎が噴きあがる。

油皿から流れ出た油に火が燃え移り、たちまち屋形の板壁に火が広がった。それを見届けると、直次郎はクルッと翻身して屋形から飛び出し、梯子から甲板に飛び下りた。

「万蔵、行くぜ」

と声をかけ、右舷に走る。船べりに鉤縄がかかったままになっている。その縄をつたって猪牙舟に下りた。つづいて万蔵も下りてきた。船上を見上げると、屋形の窓からもうもうと黒煙が立ちのぼっている。

万蔵は必死に櫓を漕いだ。みるみる『竜神丸』から離れて行く。半丁（約五十メートル）ほど離れたところで、直次郎がふっと吐息をついて、煙草盆《たばこぼん》を引き寄せた。

「ここまでくれば安心だ。一服つけようぜ」

万蔵は舟をとめて艫《とも》に腰を下ろした。直次郎が二本の煙管《きせる》に煙草をつめて火打ち石で火をつけ、一本を万蔵に手渡した。うまそうに煙管をくゆらせながら、二人は佐賀町の船溜まりに目をやった。

『竜神丸』の屋形が真っ赤な炎につつまれている。漆黒《しっこく》の闇に無数の火の粉が舞いあがり、きらきらと明滅しながら川面に降りそそいでいる。

さながら夏の花火を想わせる光景だった。

「うん。こりゃいいながめだ」

「いまごろ、九十九屋のあるじは泡を食ってますぜ」

「散々うまい汁を吸ってきやがったからな。天網恢々《てんもうかいかい》、疎《そ》にして漏らさずってやつよ」

と、そのとき……。

突然、ゴォーと轟音《ごうおん》がひびき渡り、屋形が火柱を噴きあげて崩れ落ちた。たちまち火は船体に燃え移り、『竜神丸』は猛炎《もうえん》につつまれていった。

「盛大だな。いいぞ、いいぞ。もっと燃えろ」

直次郎は手を叩いてよろこんでいる。と、ふいに万蔵が、

「ん？——なんだ、ありゃ！」

頓狂《とんきょう》な声を発した。

「どうした？」

「あ、あれ」

と指さした闇の奥に、小さな明かりが揺らいでいる。舟提灯《ふなぢょうちん》の明かりである。明かりがぐんぐん迫ってくる。〝丸に九の字〟の定紋《じょうもん》が夜目にもはっきり見てとれた。

「『九十九屋』の艀《はしけ》ですぜ！」

艀には五人の男が乗っていた。舳《へ》先《さき》に立っているのは小頭《こがしら》の武吉である。四人の人足《にんそく》が櫓を漕いでいる。いわゆる〝四挺《てい》立て〟の舟である。恐ろしく船足が速い。単純に考えても、万蔵が一人で漕ぐ猪牙舟より四倍速い勘定になる。逃げて

もすぐに追いつかれるだろう。

「行きがけの駄賃だ。あいつらも始末するか」

直次郎は胴ノ間に仁王《におう》立ちした。万蔵も立ち上がってふところの匕首を引きぬく。

あっという間に『九十九屋』の艀は、二間（約三・六メートル）の距離に迫っていた。

「船に火をかけたのは、てめえたちか！」

叫んだのは、艀の舳先に立っている武吉だった。直次郎がにやりと笑っていい返した。

「ちょいと焚《た》き火をしてみたかっただけよ」

「ふざけやがって！　構わねえから突っ込め！」

武吉が顔を真っ赤にして四人の人足に命じた。

艀が猪牙舟に向かって突進してくる。ドンと衝撃音がして、艀の舳先が猪牙舟の左舷《さげん》に激突した。ぐらりと舟がゆらぎ、細い船体が大きく右にかたむいた。あわや転覆かと見えた、その瞬間、直次郎と万蔵は艀に跳び移っていた。

しゃっ！

直次郎の抜きつけの一刀が人足の一人の首を薙いだ。ドボンと水音を立てて男は川に転落した。川面に真っ赤な波紋が広がる。その間に、万蔵も匕首で一人の胸を突いていた。

残る三人が長脇差を引き抜いたときには、直次郎と万蔵は身を躍らせて、猪牙舟に跳び移っていた。

「ちくしょう！　やっちまえ！」

武吉がわめいた。二人の男が印半纏《しるしばんてん》をひるがえして跳躍《ちようやく》した。きらりと二筋の銀光が闇に奔《はし》った。猪牙舟に跳び移りざま、一人が直次郎を、もう一人が万蔵を目がけて斬りかかってきた。横に跳んで切っ先をかわすと、直次郎が一人の胴を払い、万蔵がもう一人の胸を突いた。

二人の男は体を交差させるようにして、それぞれ反対側に転落していった。

「野郎ッ！」

舳先に立っていた武吉が、長脇差を上段に振りかぶって、猪牙舟に飛び込んできた。

直次郎は胴ノ間に片膝《ひざ》を突き、片手にぎりの刀を一直線に突きあげた。

「ぎゃっ！」

と絶叫があがった。

胸板を串刺しにされた武吉が、白目を剝《む》いて天を仰いでいる。グイと刀を引き抜いた。胸元からすごい勢いで血を噴出させて、武吉は仰向けに川に転落していった。

ざぶん。

水音とともに、血に染まった赤い水しぶきが飛び散る。いったん水中に没した武吉の体がすぐにぽっかり水面に浮きあがり、ゆらゆら浮き沈みしながら川下に流れて行った。

それを見送って納刀すると、直次郎は船溜まりのほうに目をやった。

「祭りは終わったようだぜ」

紅蓮《ぐれん》の炎につつまれた『竜神丸』が身をもむようにして、ゆっくり沈んでゆく。

小さな爆裂音とともに真っ赤な火柱がつぎつぎに噴きあがり、無数の火の粉が漆黒の夜空を赤々と染めた。船溜まりの周辺は真昼のような明るさである。

万蔵は無言のまま櫓を取って、猪牙舟を漕ぎ出した。

2

「昨夜はえらい騒ぎでしたな」

茶をすすりながら、米山兵右衛がぼそりといった。

南町奉行所の例繰方《れいくりかた》の用部屋である。例によって隣室の兵右衛に午後の茶にさそわれ、直次郎が一服目の茶を飲みはじめたとき、金壺眼《かなつぼまなこ》をしばたたかせながら兵右衛がふっと洩《も》らした第一声がそれだった。

「何の話ですか」

大方の察しはついていたが、直次郎はとぼけ顔で訊き返した。

「深川佐賀町の『九十九屋』の船が燃えたそうですよ。ご存じないんですか？」

「いやァ、それは初耳です。失火ですか？」

「そのようですね。廻《まわ》り方《かた》の調べによると、船の中で酒盛りをしているうちに、仲間同士で喧嘩《けんか》をはじめたのではないかと」

「ほう、喧嘩沙汰《ざた》ですか」

「今朝方、大川の川下で『九十九屋』の人足の死体がいくつか引き揚げられましてね。そのほとんどに刃物で切られた傷があったそうですよ」

「気の荒い連中ばかりですからねえ。河岸《かし》で働く連中は」

「これから『九十九屋』も大変でしょうな」

「大変、と申しますと？」

「燃えた『竜神丸』という船は、『九十九屋』が所有しているたった一艘の船だったそうです。しかも昨夜、長崎から俵物《たわらもの》を積んで江戸に入ったばかりだそうですから、『九十九屋』にとっては大変な痛手でしょう」

「なるほど、たった一艘の船が燃えちまったんじゃ、この先商《あきな》いも立ち行かんでしょうな」

「気の毒としかいいようがありません」

茶をすすりながら、兵右衛は心底同情するようにそういった。

「あるじの三津五郎という男は、去年の春ごろ石州《せきしゅう》（島根県）から身ひとつで江戸に出てきて、わずか一年で船持ちになった男だそうです」

「ほう、『九十九屋』は石見《いわみ》の出だったんですか」

意外そうな顔で直次郎がつぶやいた。

「石州の浜田《はまだ》だそうです。江戸に出てくるまでは、浜田で小さな乾物屋をいとなんでいたそうですよ」

「そうですか。しかし、それにしても大したものですな。身ひとつで江戸に出てきて、わずか一年で廻船《かいせん》問屋のあるじとは——」

「それが一夜にして元の木阿弥《もくあみ》ですからねえ。また裸一貫から出直しです。他人事《ひとごと》ながらじつに気の毒な話ですよ」

「まったく人の運命なんてわからんもんですな。山あれば谷あり、谷あれば山あり。まさに禍福《かふく》はあざなえる縄のごとしです」

直次郎はあくまでも空《そら》とぼけている。と、そのとき、廊下に荒々しい足音がして、

「仙波、仙波はおるか！」

と大声がひびいた。「は、はい」と直次郎はあわてて立ち上がり、

「ご馳走《ちそう》になりました」

兵右衛に一礼して部屋を飛び出した。

廊下に内与力《うちよりき》の大貫三太夫《おおぬきさんだゆう》が立っていた。内与力というのは、奉行所に所属する役人ではなく、奉行の鳥居耀蔵に近侍《きんじ》する直属の家臣である。現代ふうにいえば私設秘書官といったところであろう。

奉行所内では外様《とざま》的存在なのだが、鳥居の威《い》を借りて誰に対しても権柄《けんぺい》ずくに振る舞う大貫は、南町の鼻つまみ者として内外に評判が悪かった。

「わたしに何か？」

腰を低くして、直次郎が訊いた。

「お奉行のお手元金が不足しておる。このお切手を蔵前《くらまえ》の『備後屋《びんご》』に届け、すぐ金子《きんす》を持参するよう申し伝えてきてくれ」

「かしこまりました」

一礼して蔵米《くらまい》切手を受け取り、直次郎は足早に立ち去った。

奉行の鳥居耀蔵は四千石の大身旗本である。知行地《ちぎょうち》から送られてくる四千石の米は、いったん蔵前の札差《ふださし》『備後屋』にあずけ、入用に応じて現金で受け取ることになっていた。そのさいに必要なのが蔵米切手である。いわば現代の小切手のようなものである。

——ちっ。

歩きながら、直次郎は苦々しく舌打ちした。

(新参者がふんぞり返りやがって)

大貫三太夫のことである。大貫は鳥居耀蔵の秘書官であると同時に、鳥居家の金庫番でもある。本来、この使いは大貫自身がやるべきことなのだ。それを奉行所の人間に押しつけるとは言語道断、公私混同もはなはだしい。——と腹を立ててはみたものの、うららかな春の陽差《ひざ》しをあびて歩いているうちに、直次郎の腹の虫はすぐにおさまった。

(ほう、桜が咲いたか)

蔵前通りの桜の木がほぼ満開の花を咲かせている。

札差『備後屋』で用件を済ませると、直次郎は大川端の道を北をさして歩きはじめた。外に出たついでに隅田堤の桜並木を見物していこうかと思ったのである。

竹《たけ》町の渡しにさしかかったとき、直次郎はふと足をとめて前方を見やった。

渡し場の桟橋《さんばし》に猪牙舟をもやって、客待ちをしている菅笠《すげがさ》の船頭がいた。直次郎はつかつかと歩み寄って船頭に声をかけた。

「半の字じゃねえか」

船頭がゆっくり振り向いた。半次郎である。

「精が出るな」

笑いながら、直次郎は腰を折って、半次郎のかたわらにしゃがみ込んだ。

「浅草くんだりまで出稼ぎにきたってわけか」

「これから旦那をたずねて行こうと思っていたところで」

抑揚《よくよう》のない、低い声で半次郎がいった。

「用件は何だい？」

「ゆうべ、万蔵さんと一緒だったんじゃねえんですか」

「あ」

と意表を突かれた顔になって、

「――なんで知ってるんだ？」

いぶかる目で訊《き》くと、半次郎は黙って首をめぐらし、

「あれを見てください」

と、あごをしゃくって桟橋に目を向けた。猪牙舟の左舷の舟べりが、何かで打ち砕いたように大きく削《そ》げていた。昨夜『九十九屋』の艀に激突された跡である。

「なるほど。舟の修理代を弁償しろってことか」

「いえ」

首を振って、半次郎は立ち上がった。引き締まった下肢にぴちっと紺の股引《ももひ》き

をはいている。見るからに精悍《せいかん》な若者のいでたちだ。

「元締めがお呼びです」

「元締めが？」

「あっしの舟でどうぞ」

ぼそりといって、半次郎は舟に乗り込んだ。釈然《しやくぜん》とせぬ面持ちで直次郎も乗り込む。

ゆったりと桟橋を離れた猪牙舟は、川の流れに乗って滑るように大川を下り、下流の両国橋をくぐり、さらに新大橋の下をくぐって、深川仙台《せんだい》堀へと入って行った。

仙台堀の上《かみ》ノ橋をすぎたあたりで、半次郎は櫓をゆるめて堀の南岸に舟を着けた。

「おめえは行かねえのか」

直次郎は立ちあがりながら訊いた。

「あっしは、まだ仕事がありやすんで」

「そうか。──これは舟の修理代だ」

といって、小粒を二つ半次郎に手渡すと、直次郎は軽々と岸に跳び移り、振り向きもせず足早に立ち去って行った。

仙台堀の南側につらなる家並みは、深川今川町《いまがわ》である。堀端の道にそって東に一丁（約百九メートル）ほど行くと小さな木橋が見えた。西横堀川《にしよこぼり》に架かる松永橋《まつなが》である。

直次郎はその橋の手前を右に曲がった。埋め立て地にできた深川の町には、網の目のように水路が走っており、いたるところに橋が架けられている。西横堀川の掘割通りを南にしばらく行くと、また小さな橋にぶつかった。この橋は中之堀《なかの》と西横堀川の合流点に架かる橋で、豊島橋《とよしま》という。その橋を渡って、すぐ右側が堀川町《ほりかわ》である。

闇稼業の元締め・寺沢弥五左衛門《てらさわやござえもん》の家は、堀川町の裏路地にあった。五十坪ほどの敷地に黒文字垣をめぐらした小粋な仕舞屋《しもたや》である。網代門《あじろ》をくぐって玄関の前に立ち、「ごめん」と中に声をかけると、ほどなく奥から、

「仙波さんですか」

低い声がして、五十年配の頤《おとがい》の張った男が姿を現した。

鳶茶《とびちゃ》の十徳《じっとく》を羽織り、仙台平《せんだいひら》の袴《はかま》を着け、総髪をうしろで束ねている。俗にいう慈姑頭《くわいあたま》である。一見したところ町儒者《じゆしゃ》のような風体《ふうてい》をしており、とても「闇

の殺し人」の元締めとは思えぬ温和な顔つきをしている。

「お待ちしておりました。どうぞ、おあがりください」

おだやかな笑みを浮かべて、弥五左衛門は直次郎を奥の部屋に案内した。

六畳ほどの部屋に、黒檀《こくたん》の文机《ふづくえ》が一つ、そのまわりには書物が山と積まれている。

「どうぞ」

弥五左衛門が座布団《ざぶとん》をすすめる。それに腰を下ろすなり直次郎が訊いた。

「わたしに用事があるそうで？」

「昨夜の武勇談を聞かせてもらおうかと思いましてね」

あいかわらずおだやかな笑みを浮かべているが、弥五左衛門の目は、一瞬、直次郎を狼狽《ろうばい》させるほど、するどい光をおびていた。

「ゆうべの船火事のことですか」

「佐賀町はここから目と鼻の先ですからね。それはもう昨夜は大変な騒ぎでしたよ。このあたりまで火の粉が飛んできました」

「なぜ、あれがわたしの仕業《しわざ》だと？」

「勘です」

さらりといってのけた。

「敵《かな》いませんな、元締めの眼力には――」

さすがに直次郎も苦笑したが、すぐにその笑みを消して、

「しかし、誤解なさらんでくださいよ」

「誤解？」

「あれは元締めに内緒でやった〝仕事〟ではありません。いってみれば世のため人のために、わたしが独断でやったことなんです。それだけはどうかご了承のほどを」

「わかっておりますよ」

弥五左衛門はおだやかに笑っている。笑いながら、ずばり問いかけた。

「やはり、あの船は阿片を積んでいましたか」

「やはり、というと？」

直次郎はけげんそうに見返した。

「江戸に阿片が蔓延《まんえん》していることは、わたしも前々から承知しておりました。このまま野放しにしておいたのでは、江戸が――、いや少々大袈裟《おおげさ》にいえば、この国が滅びると思いましてね」

「……………」

「ひと月ほど前から、半次郎に探らせていたのです」

「なるほど、それで『九十九屋』が浮かびあがったというわけですか」

「少々、お待ちください」

弥五左衛門は背後の書物の山の中から分厚い綴《つづ》りを取り出して、静かに頁《ページ》を繰りはじめた。やや背を丸めて、黙々と綴りに目を走らせる弥五左衛門は、町儒者というより気むずかしい学者の顔になっている。

じつはこの男、本名を寺門静軒《てらかどせいけん》といい、江戸で大評判をとった随筆『江戸繁《はん》昌《じょう》記』の著者なのである。その『江戸繁昌記』を、

「市中の風俗俚言《りげん》を著した敗俗《はいぞく》之書」

と指弾して発禁処分にしたのは、南町奉行・鳥居耀蔵の実父で、幕府の文教をつかさどる林大学頭述斎《はやしだいがくのかみじゅつさい》だった。

だが、そうした幕府の厳しい弾圧にも屈せず、寺門静軒はその後も執筆活動をつづけたために、ついに「武家奉公御構《おかまい》」となって江戸を追われ、消息を絶った。

世間では、武州《ぶしゅう》や上州《じょうしゅう》方面に逃れたとか、越後《えちご》・信州《しんしゅう》を流浪《るろう》しているとか、

さまざまな風説が流れたが、じつは、寺沢弥五左衛門の変名を使って、ひそかに深川に隠棲《いんせい》していたのである。

静軒が消息を絶ったあとも、発禁書である『江戸繁昌記』は、幕府の厳しい出版規制の網の目をくぐって地下出版され、版を重ねて明治まで刊行された。

その巨額な稿料が寺沢弥五左衛門こと、寺門静軒の潤沢《じゅんたく》な資金となり、「闇の殺し人」たちの仕事料にあてられていたのである。

「半次郎の調べによりますと――」

綴りを繰る手をとめて、弥五左衛門が顔をあげた。

「廻船問屋『九十九屋』のあるじ・三津五郎は石州浜田の出でしてね」

それは直次郎も米山兵右衛から聞いて知っている。

「七年前に、その浜田で城下を震駭《しんがい》させるような事件が起きたのです」

3

七年前――すなわち天保七年（一八三六）。

石州浜田六万石・松平周防守康定《すおうのかみやすさだ》の居城に、突如として、幕府大目付《おおめつけ》・村上《むらかみ》大和守《やまとのかみ》、阿部能登守《あべのとのかみ》、ならびに鳥居丹後守《とりいたんごのかみ》の三名が推参《すいさん》、藩主康定に長蟄居《ながちつきょ》を申し渡すという「事件」が起きた。

罪状は、密貿易である。

三名の大目付が持参した上意書によれば……。

浜田藩国家老・岡田頼母《おかだたのも》が窮迫《きゅうはく》した藩の財政を立て直すために、年寄役《としよりやく》・松井図書《まついずしょ》と藩勘定方《かんじょうがた》の橋本三兵衛《はしもとみつべえ》、そして藩の御用船をあずかる船問屋『会津屋《あいづや》』八右衛門《はちえもん》ら三人と共謀、渡航が禁止されている竹島《たけしま》に密航して竹材、木材、海産物などの密輸を企てたというのである。

竹島は隠岐《おき》諸島の四十里（約百六十キロ）沖合にある天然資源に恵まれた無人島で、島の周辺は豊かな漁場として知られていたが、元禄九年（一六九六）、朝鮮人の移住によって紛争が起こり、それ以来幕府は竹島への渡航を禁止していた。

家老の岡田頼母がその竹島への密航を提案したとき、会津屋八右衛門は、

「ご家老、手前は〝石見の阿呆丸《あほうまる》〟のせがれにございます。大船に乗ったつもりでおまかせくださいまし」

といって、胸を叩いたという。

八右衛門の父親・清助《せいすけ》は、文化《ぶんか》の終わりごろ、二千五百石積みの巨船を建造し、浜田藩の特産品である銑鉄《ずくてつ》や銅などを満載して、石見と江戸を往来していた。はじめて清助の巨船を見た大坂《おおさか》の人々は度肝を抜かれ、誰いうともなしにその船を「石見の阿呆丸」と呼ぶようになったのである。

ところが、文政《ぶんせい》二年（一八一九）の秋……。

「阿呆丸」が江戸へ向かって紀州灘《なだ》を帆走しているときに、折悪《おりあ》しく大暴風雨に巻き込まれて難破、ただ一人助かった清助はオランダ船に救助されて、パッパ（パプア）、ジャワ、スマトラ、カンボジア、シャム、ルソン、高砂《たかさご》（台湾《たいわん》）を回航し、三年後の文政五年、ようやく石見にもどってきたのである。

そんな清助の血を引いた八右衛門に、家老の岡田頼母は全幅《ぜんぷく》の信頼をおいていた。

「存分にやってくれ」

と岡田からお墨付きを得た八右衛門は、すぐさま竹島への密航を開始した。そうして何度か竹島への密航をくり返すうちに、八右衛門の行動はしだいに大胆になっていった。

「わしも〝阿呆丸〟二代目じゃ。毒食うたら皿まで食うたるわ」

と大見得《おおみえ》を切って、かつて父の清助が漂流した南の海へと船足を延ばすようになったのである。むろんこれは鎖国令の国禁を破る重大犯罪だったが、八右衛門はまったく意にも介さなかった。

八右衛門が南洋から運んでくる数々の珍品は、浜田藩に莫大《ばくだい》な利益をもたらし、窮迫した藩の財政はたちまち回復した。

しかし、大胆にして雄大な浜田藩のこの壮図《そうと》も、長くはつづかなかった。

ちょうどそのころ、幕府内部では薩摩《さつま》藩・島津《しまづ》氏の密貿易のうわさが俎上《そじょう》にのぼり、その実情を内偵《ないてい》させるために、間宮林蔵《まみやりんぞう》を薩摩に差し向けたところ、たまたま山陰道に道をとった林蔵が、八右衛門の家の前に南洋の珍材がおいてあるのを見つけ、ひそかに探索《たんさく》をつづけた結果、密貿易の事実をつかんで幕府に報告したのである。

天保六年、家老の岡田頼母と年寄役・松井図書は、事件の責任を負って自邸で切腹、翌七年には、勘定方・橋本三兵衛と会津屋八右衛門に死罪が申し渡された。

藩主の松平周防守康定は、事件との直接の関与はみとめられなかったものの、藩主としての責任を問われて長蟄居、嫡子の康爵は奥州棚倉に移封《いほう》されたのである。

——これが世にいう「竹島事件」の真相である。

ぱたりと綴りを閉じて、弥五左衛門が顔をあげた。

「処刑されたとき、会津屋八右衛門は三十九歳の男盛りだったそうです。その八右衛門には六つちがいの弟がおりましてね。その弟が、じつは『九十九屋』のあるじ、三津五郎だったのです」

「弟！」

直次郎は思わず瞠目した。

「これは単なる偶然じゃありません。三津五郎は明らかに兄の八右衛門の生きざまを踏襲しようとしていたのでしょう」

「へえ。性懲《しょうこ》りもなく、兄弟で抜け荷とは——」

「血は争えないものですね」

弥五左衛門は苦笑を洩らした。

「すると、三津五郎はそのころから抜け荷の手口を熟知していたってことですな」

「おそらく」

弥五左衛門は深くうなずいて、

「兄の八右衛門が処刑される直前に、渡航日誌や海図などの証拠の品を、三津五郎が持ち去ったのでしょう。それが阿片の抜け荷買いに役立ったのかもしれません」

「浜田にいたときは、乾物屋をいとなんでいたと聞きましたが」

「ええ、兄の八右衛門が竹島から運んできた海産物を、三津五郎の乾物屋で売りさばいていたそうです。そのために三津五郎は罪を免《まぬか》れたのでしょう」

「なるほど――。ところで」

と直次郎は膝を崩して、上目づかいに弥五左衛門を見た。

「元締めは赤坂の『翠泉堂』という唐物《とうぶつ》屋をご存じで？」

「存じております。しかし、その男については、目下《もっか》半次郎が詰めの調べをしているところなので、もうしばらくご猶予《ゆうよ》をいただきたいのですが」

「いや、それはべつに構わないんですがね。ただ、ちょっと――」

いい淀みながら、直次郎は気まずそうに目を伏せた。

「何か気になることでも？」

「ゆうべのことですよ。いまになって思えば、あれは勇《いさ》み足《あし》でした。逆にやつらを警戒させちまったんじゃないかと――」

「ま、しかし、それで敵が動き出せば、こちらの思う壺《つぼ》です」

「〝仕事〟はいつごろになりますかね？」

「一両日中《いちりょうじつ》には何とか」

「わかりました」

直次郎は固い表情でうなずいて、

「阿片の密売に関しては、わたしも腹に据《す》えかねるものがありましてね。何としてもこの手で密売一味を叩《たた》っ斬《き》ってやりたいんです」

「わたしとて同じ気持ちですよ。事件の全容が明らかになりしだい、半次郎を使いにやらせますので、その節は一つよろしくお頼み申します」

「こちらこそ。では吉報をお待ちしております」

丁重《ていちょう》に一礼して、直次郎は腰をあげた。

――なるほど、そういうことだったか。

西横堀川の掘端通りを歩きながら、直次郎はあらためて弥五左衛門の話を思い返し、一連の事件とのつながりを考えてみた。

奥州棚倉藩の藩主・松平周防守康爵は、七年前の抜け荷事件の処分を受けて、石州浜田藩から移封になった大名である。西崎兵庫や室田庄九郎、高杉平馬は、藩主とともに浜田藩から棚倉に移ってきた股肱《ここう》の家臣だったのだろう。

七年前の藩の不祥事によって辛酸《しんさん》をなめさせられた西崎は、二度とその轍《てつ》を踏むまいと江戸藩邸を内偵していた公儀お庭番《にわばん》配下の隠密《おんみつ》・乙次郎と弥之助を斬った。

それによって松平家の当面の危機は回避されたが、同時に江戸家老・菱川監物の延命を許すという皮肉な結果を招くことになり、その菱川一派の手によって同志の室田や高杉ばかりか、みずからも命を落とす羽目《はめ》になってしまったのである。

——すべては七年前の「竹島事件」に端を発している。

複雑にもつれていた糸が、弥五左衛門の話で一気にほぐれたような気がした。

長崎から阿片を運んでいた九十九屋三津五郎が、かつて浜田藩の船御用《ふなごよう》をつとめていた会津屋八右衛門の弟だとすれば、阿片の密売元である赤坂の唐物屋『翠泉堂』のあるじ・惣兵衛も、過去に浜田藩と何らかの関わりを持っていたにちがいない。

そして江戸家老の菱川監物。――最後に残ったこの一本の糸が七年前の事件につながれば菱川監物・九十九屋三津五郎・翠泉堂という構図ができあがる。

――あとは半次郎の調べを待つしかねえ。

腹の底でつぶやきながら、直次郎は暮れゆく空を見あげた。

茜《あかね》色に染まった空に、雁《かり》の群れがみごとに八の字の雁行《がんこう》を描いて飛んでゆく。

じりっ。

かすかな音を立てて、燭台《しよくだい》の細い明かりが揺らいだ。

棚倉藩の麻布中屋敷の奥書院である。

脇息《きようそく》にもたれて、菱川監物が大きく吐息をついた。二つ並んだ酒肴《しゆこう》の膳部《ぜんぶ》の前に、重苦しい表情の九十九屋三津五郎と大庭典膳が座っている。昨夜の船火事の報を受けて、急遽《きゆうきよ》三人が集合したのである。

「それにしても、いったい何者が――」

酒に濁《にご》った赤い目を宙にすえて、菱川がうめくようにいった。

「国元の三人の密偵はすでに始末しましたし――」

大庭が苦《にが》り切った顔でいう。

「となると、考えられるのは、公儀の探索方」

「まさか」

と怯《おび》えるように目を見開いて、三津五郎が二人を見た。

「それはございますまい。ご公儀の探索方なら船に火をかける前に、手前どもの店に踏み込んでいるはずです」

同意するように菱川がうなずく。

「その論で行けば、町方《まちかた》でもあるまいな」

「では、本多清左衛門が三の矢を放ったということは？」

大庭がいった。

「それだ。それしか考えられぬ」

菱川の目がますます赤みをおびてきた。酒のせいではなく、怒りのためである。

「ふうっ」

と、また一つ大きく吐息をついていった。

「いずれにしても、九十九屋。そのほうは一度江戸を離れたほうがよい」

「店を畳《たた》めとおっしゃるので？」

「この一年で十分元は取れたであろう。店を畳んで浜田に帰ったらどうじゃ」

「ご家老さまが、そうおっしゃるなら——」

憮然《ぶぜん》とした面持ちで、三津五郎が応えた。

「ほとぼりが冷めたら、また呼んでやる。それまでのんびり命の洗濯でもするんだな」

「かしこまりました。手前が姿を消して事が収まるのでしたら、よろこんで浜田に帰らせていただきます」

開き直った口調でそういうと、三津五郎は呑《の》みほした酒杯を膳部において、

「では」

と腰をあげた。

「さっそく店じまいの支度《したく》にとりかからなければなりませんので、手前はこれにて失礼させていただきます。お二方もどうかご壮健《そうけん》で」

菱川と大庭に慇懃《いんぎん》に頭を下げて、そそくさと退出して行った。

廊下を遠ざかる足音に耳をかたむけながら、菱川が口の端にふっと薄笑いをにじませて小声でいった。

「兄の八右衛門は豪胆《ごうたん》な男だったが、あの男は小心者だな」

「御意《ぎょい》」

「そろそろ九十九屋とも縁の切れ目がきたようだ。――大庭」

「はい」

「わかっておろうのう」

「心得《こころえ》てございます」

にやりと嗤《わら》い、つと膝を進めて大庭がいった。

「翠泉堂はいかがいたします？」

「あの男はまだ使い道がある。しばらくわしらの前に姿を現さぬように因果《いんが》をふくめておけ」

「承知いたしました」

二人が対座している畳の真下――床下の闇にうずくまって、頭上のやりとりにじっと耳をかたむけている黒装束がいた。半次郎である。

4

それから半刻《はんとき》（一時間）後――。

半次郎は南本所番場町の万蔵の家の裏口に立っていた。ギイと板戸がきしんで、万蔵がけげんそうに顔を突き出した。

「半さんか。どうしたい？　こんな時分に」

「仕事です」

「仕事？　ほかの二人はどうした？」

「急な仕事なんで、まず万蔵さんにお願いにあがりやした」

「ちょっと待て」

万蔵はすばやくあたりを見廻して声をひそめた。

「仕事料は？」

「三両」

「獲物は誰なんだ？」

「九十九屋三津五郎です」

「九十九屋か――。けど、なんでそんなに急いでるんだ?」

「こっちが先に仕掛けねえと手遅れになるんで」

「手遅れ?」

「口を封じられる恐れがありやす」

「なるほど、そういうことか」

軒下の暗がりで、万蔵の目がきらりと光った。

「よし、わかった。その仕事引き受けよう」

ひらりと背を返して家の中にとって返すと、すぐに身支度をととのえて出てきた。半次郎同様、全身黒ずくめである。

「おめえ、舟できたんだろう?」

「へい」

「じゃ、佐賀町まで送ってくれ」

半次郎は無言でうなずき、先に立って歩き出した。

土井能登守《のとのかみ》の下屋敷のわきを通って、石原町《いしわら》の東側の道に出た。その道を南に向かってまっすぐ行くと入り堀に突きあたる。通称「埋堀《うめぼり》」。半次郎の猪牙舟は その堀の北岸にとめてあった。

二人を乗せた猪牙舟は、埋堀から大川に出ると、下流の深川に舳先を向けて矢のように川面を滑って行った。

空に上弦《じようげん》の月がぼんやり浮かんでいる。風もなく、妙《みよう》に生あたたかい夜である。

やがて前方左側に佐賀町の船溜まりが見えた。

焼け落ちた『竜神丸』の残骸が、川面からわずかにその無惨《むざん》な姿をのぞかせている。それをちらりと横目に見ながら、半次郎は黙々と櫓を漕いで舟を進めてゆく。

船溜まりの先の中《なか》ノ橋で舟をとめた。そこから下佐賀の『九十九屋』は指呼《しこ》の間《かん》である。猪牙舟から身を躍らせて岸に跳び移ると、万蔵はくるっと首をめぐらし、

「おめえは先に帰《け》えっていいぜ」

といいおいて、小走りに闇の奥に駆け去った。

川岸通りにずらりと建ち並ぶ大小の廻船問屋や船問屋、船蔵《ふなぐら》はすでに戸を閉ざしてひっそりと寝静まっていたが、一軒だけ窓に明かりを灯している店があった。『九十九屋』である。それを確認すると、万蔵は『九十九屋』の裏手に廻っ

た。

裏庭には板塀がめぐらされ、塀ぎわはすぐ大川の川面に落ち込んでいる。塀の上に手をかけて、軽く足を屈伸させると、万蔵はひらりと塀を飛び越えた。塀の内側は五十坪ほどの庭になっており、手入れの行き届いた植木や庭石、石灯籠《どうろう》などが整然と配されている。万蔵は石灯籠の陰に身をひそめて、母屋に目をやった。

障子が開け放たれ、部屋の中に行灯が灯っている。部屋の中にはいくつもの柳《やなぎ》行李《ごうり》や長持《ながもち》が蓋を開けたまま雑然とおかれているが、人の気配はなく、屋内は妙にひっそりと静まり返っている。

と……。

奥の襖《ふすま》が開いて、大事そうに木箱をかかえた三津五郎が入ってきた。それを丁寧に長持の中に納めている。どうやら身辺整理をしているようだ。

——江戸をずらかろうって算段か。

三津五郎の動きを目で追っていた万蔵が、おもむろにふところから革紐《かわひも》の束を取り出して片膝をついた。紐の先には手裏剣のような細長い刃物がついている。

これは万蔵が考案した「縄鏃《じょうぞく》」という飛び道具である。

万蔵が身をひそめている石灯籠から、部屋の中の三津五郎までは目測でおよそ八間（約十五メートル）、縄鏢の紐の長さは十五尋《ひろ》（約二十七メートル）、十分射程距離内に入っている。

ふたたび部屋の中の三津五郎に目をやった。長持にあわただしく何かを詰め込んでいる。よく見るとそれはかなりの数の切餅《きりもち》（二十五両包み）だった。

万蔵は「縄鏢」の尖端部分を右手にかざして、紐をぐるぐると回転させた。遠《えん》心《しん》力で加速がついたところでパッと手を放す。細長い刃物（鏢《やじり》）が革紐を尾のように引きながら、ヒュルヒュルと空《くう》を切って一直線に飛んでゆく。

「あっ」

と小さな悲鳴があがった。鏢が三津五郎の首を射抜いていた。

すかさず革紐を引く。三津五郎の首に突き刺さった鏢が引き抜かれ、きらりと宙に舞った。すばやく手首を回転させて革紐をたぐり寄せる。鏢が手元にもどってきた。「縄鏢」の最大の長所は、凶器を殺しの現場に残さないことにある。

三津五郎は長持に頭を突っ込んだまま、ぴくりとも動かない。ほぼ即死だった。

「縄鏢」を輪に束ねてふところにしまい、立ち上がろうとしたとき、部屋の奥の襖の陰に黒影がよぎった。ハッと息を呑んで万蔵は体を沈めた。

いつ、どこから侵入したのか、黒覆面の三人の武士が猫のようにしのびやかな身のこなしで部屋の中に入ってきた。一人が三津五郎に駆け寄って二度三度肩をゆすった。

「し、死んでます」

低く押し殺した声だが、万蔵の耳にもその声は聴こえた。

「まずい。行こう」

長身の黒覆面が二人をうながして翻身した。大庭典膳と配下の徒目付《かちめつけ》である。

闇に消えて行く三人の姿を目のすみに見ながら、万蔵はゆっくり立ちあがって背を返した。

万蔵が日本橋小網町の半次郎の舟小屋に着いたのは、それから四半刻（約三十分）後であった。

小屋の格子窓から明かりが洩れているのを見て、万蔵はためらいもなく板戸を引き開けて中に入った。

「おや、旦那方もきてたんですかい」

奥の暗がりに仙波直次郎と小夜、そして半次郎が座っている。

「たったいま、半次郎から呼び出しがかかってな」

「そうですかい」

「万蔵さん、仕事終わったの？」

小夜が訊いた。

「ああ、今回の仕事は思ったより楽だったぜ」

「仕事料です」

ぼそりといって、半次郎が三両の金子を空き樽の上においた。それをわしづかみにしてふところにねじ込みながら、万蔵が、

「おめえのいったとおりだ。三人の黒覆面が三津五郎の口をふさぎにきやがったぜ」

「その連中は、菱川監物の配下の徒目付ですよ」

あいかわらず抑揚のない低い声で、半次郎がいった。

「やつらに先手を打たれたら、おれの出番がねえ。間一髪だったぜ」

いいながら、万蔵は空き樽に腰を下ろした。

「どうせ消されるとわかっていても、三津五郎はおれたちの手で始末しなきゃ、

阿片がらみで死んでいった連中に顔向けができねえからな」

直次郎が独語するようにつぶやいた。

「で、半さんのほうは、これで手じまいかい？」

万蔵が訊いた。

「へい」

「元締めは一両日待ってくれといってたが、さすがは半の字だ。きっちりと帳尻を合わせてきたぜ」

「元締めの忠犬だもんね、半さんは」

微笑《わら》いながら、小夜がきつい冗談をいった。

「半次郎に代わって、おれが説明する」

直次郎が分厚い綴りを開いた。半次郎の探索帳である。

それには棚倉藩江戸家老・菱川監物と赤坂の唐物屋『翠泉堂』のあるじ・惣兵衛、そして廻船問屋『九十九屋』のあるじ・三津五郎との関係がびっしり書き記されていた。

その三者の関係はつぎのとおりである。

菱川監物は「竹島事件」の責任を負って自刃《じじん》した年寄役・松井図書の腹心。赤坂の唐物屋『翠泉堂』は、浜田藩江戸屋敷に出入りしていた御用商人。九十九屋三津五郎は会津屋八右衛門の実弟。――旧浜田藩を通じてこの三人がつながったのだ。

阿片密売の主役は、いうまでもなく菱川監物である。

菱川は浜田から三津五郎を呼び寄せ、江戸藩邸の公金を流用して三津五郎に中古の弁財船を買い与えた。その船で長崎から阿片を運ばせるためである。もちろん、船の購入代金の返済は月々の売り上げの中から、運上金《うんじょうきん》という名目で納めさせていた。その額は月々数百両にのぼったという。

三津五郎が長崎から抜け荷の阿片を買い込む。

それを唐物屋『翠泉堂』の惣兵衛が密売人たちに売りさばく。

菱川はその両者から売り上げの一部を吸いあげる。

それはまさに七年前、浜田藩の家老・岡田頼母が会津屋八右衛門らと共謀して企図《きと》した「竹島事件」とまったく同じ構図だった。というよりむしろ、当時の事情を知悉《ちしつ》する菱川が七年前の事件を〝ひな形〟にして同じ構図を作りあげたのかもしれない。

「――つまり、菱川監物が阿片密売一味の大元《おおもと》だったたってわけよ」

そういって、直次郎は分厚い綴りを閉じた。

「その菱川もゆんべの船火事で、てめえの尻に火がついた。それで九十九屋の口をふさごうとしたにちがいねえ」

万蔵が吐き捨てるようにいった。

「ま、そんなところだろうな。――半の字、これで決まりだぜ」

半次郎は無言でうなずき、紙包みの中から六枚の小判を取り出して、空き樽の上に三枚ずつ積みあげた。

「今回は三両か」

「あたしは『翠泉堂』を殺《や》る」

小夜が三枚の小判を取った。

「じゃ、おれは菱川だ」

と直次郎も金をつかみ取る。

「何か手伝うことはねえかい？」

直次郎と小夜の顔を交互に見やって、万蔵が訊いた。

「おめえの仕事はもう済んだんだ。いままでの借りはまとめて返すぜ」

直次郎が空き樽の上にチャリンと小判を一枚投げ出した。

「これで酒でも呑んでくれ」

「へへへ、さすが仙波の旦那は太っ腹だ。また何かあったら遠慮なくいっておくんなさい。いつでもお手伝いいたしやすぜ」

「できれば、もうこれ以上、おめえに借りは作りたくねえがな」

「ね、ね、その借りだのお手伝いだのって、いったい何のこと？」

小夜がけげんそうに訊く。

「それはいえねえさ」

「なぜいえないの？」

「男同士の秘密だからよ。な、万蔵」

と直次郎がにやりと笑って片目をつぶってみせた。

「へえ」

「なにさ、いやらしいわね！」

ぷいと顔をそむけると、小夜は憤然《ふんぜん》と足を踏み鳴らして小屋を出ていった。

5

それから一刻（二時間）後——。

煌々《こうこう》と明かりがきらめく赤坂田町の盛り場の雑踏の中に、小夜の姿があった。

一刻前の小夜とは、まるで別人だった。髪は前差しなしで、髷《まげ》はつぶし島田《しまだ》、顔を真っ白に塗りたくり、安物の派手な着物を着ている。どこから見てもれっきとした田町名物〝麦飯〟女郎である。

半刻ほど前に『翠泉堂』のあるじ・惣兵衛が、田町の茶屋『紅扇楼』に向かったという情報を得て、この盛り場に偵察《ていさつ》にきたのである。

『紅扇楼』は二階建ての大きな茶屋で、屋号が示すとおり窓という窓には朱塗りの千本格子がはめ込まれており、軒端《のきは》には真紅の提灯がずらりとぶら下がっている。

「姉さん」

通りすがりの酔客がよろよろと近寄ってきた。

「おれと遊ばねえかい？」

「遊ぶのはいいけど、ちょいと高くつくよ」

「いくらだい？」

「ちょんの間《ま》、一両」

「げっ、馬鹿いうんじゃねえや。吉原の〝米〟だって二朱も出しゃ、明け方まで遊んでくれるんだぜ」

「だったら、吉原にお行きよ」

「てやんでえ。食えねえ〝麦飯〟だ」

ぼやきながら、酔っぱらいは立ち去って行った。

雑踏の中をぶらぶら歩きながら、小夜は苛立《いらだ》ったような目で『紅扇楼』の玄関を出入りする男たちの姿を追っていた。

その『紅扇楼』の一階奥の内所《ないしょ》では、惣兵衛が十露盤《そろばん》をはじきながら、帳合いをしていた。唐物屋と茶屋を掛け持ちでいとなむ惣兵衛は、『翠泉堂』を閉めたあと、毎晩かならずこの『紅扇楼』にやってきて帳簿に目を通すのを日課としていたが、とくにこの夜は念入りに目を走らせていた。

――とうぶん、この店の売り上げに頼らなければならんからな。

十露盤をはじきながら、惣兵衛は腹の中で苦々しくつぶやいていた。

『九十九屋』の船火事で、当てにしていた阿片が手に入らなくなったばかりか、菱川監物からは「しばらく阿片の密売を差し止める」という旨の通達があり、その売り上げが期待できなくなったからである。

事情が事情だけに、致し方のないことだとは思うのだが、当の菱川監物は、そんな最中《さなか》にも無理難題を押しつけてくるので、惣兵衛はいささか腹を立てていた。

この日の夕刻も、菱川の使いの徒目付がやってきて、妓《おんな》をひとり麻布の中屋敷に寄越すよう言伝《ことづ》てを持ってきた。断るわけにはいかないので、つい先ほど菱川がご執心の若い妓を送り出したばかりだが、むろん、花代も駕籠《かご》代も払ってくれるわけがない。

「まったく、菱川さまも身勝手なお人だ」

口をついて出るのは愚痴《ぐち》とため息ばかりである。

惣兵衛は十露盤をはじく手をとめて、かたわらの襖を引き開け、

「おーい、誰か、茶を持ってきておくれ」

奥の台所に声をかけた。

「はーい。ただいま」

と応えたのは、十年来この茶屋につとめている女中頭のお常《つね》だった。

台所は座敷客の酒や料理の支度で戦場《いくさば》のような忙しさである。膳の上げ下げをする女中たちがひっきりなしに出入りしている。女中頭のお常が茶を淹《い》れて、

「これを内所の旦那さまのところへ運んでおくれ」

と声をかけても、振り向く者は誰もいない。お常が茶盆を持っておろおろしているところへ、勝手口からすっと入ってきた女が、

「あたしが運びます」

横合いからひょいと茶盆を受け取り、足早に廊下の奥に去って行った。

女は小夜だった。『紅扇楼』の客引きの男から惣兵衛が内所にいると聞いて、意を決して入ってきたのである。

お常は気にもとめず、板敷に山積みになった膳を忙しそうに片づけはじめた。ひっきりなしに台所に出入りする女中たちも、小夜の姿にはまったく気づいていない。

「お茶をお持ちしました」

内所の襖の前で足をとめ、小夜が声をかけた。

「ああ、お入り」

「失礼いたします」

襖を開けて中に入った。惣兵衛が背を向けて帳合いをしている。

「ここへおいておきます」

「ありがとう」

惣兵衛のかたわらに茶盆をおいて立ちあがると、小夜はふいにつぶし島田の髷に手を伸ばして、うしろ挿しの銀の平打ちのかんざしを引き抜いた。かんざしの尖端《せんたん》は針のようにとがっている。これが小夜の隠し武器「殺しの銀かんざし」である。

すっ。

と振りかざした銀かんざしを、背中を向けて座っている惣兵衛の盆の窪《くぼ》（うなじの中央の窪み）目がけて打ち下ろす。

ぶすりと突き刺さった。

十露盤をはじく音がぴたりととまった。深々と突き刺さったかんざしの尖端は、延髄《えんずい》にまで達していた。延髄は後脳と脊髄《せきずい》をつなぐ急所中の急所である。

小夜がかんざしを引き抜いた。

盆の窪に小さな赤い点が残っている。血は一滴も出ていない。

一瞬、惣兵衛の体がぴくんと痙攣《けいれん》したが、すぐに動きはとまった。文机の前に座ったままの姿は、まるで生きているように見える。だが、心《しん》ノ臓《ぞう》はすでに停止していた。

殺しの痕跡を残さない、小夜の必殺技である。

かんざしに付いた血を着物の袖口で拭き取ると、ふたたび島田髷に挿して、小夜は何食わぬ顔で部屋を出て行った。

膳を持った女中たちが、あわただしく廊下を行き交《か》っている。小夜はややうつむきかげんに廊下を通り抜け、台所の混雑にまぎれてすばやく勝手口から表に飛び出した。

女中頭のお常が、内所の惣兵衛の異変に気づいたのは、それから一刻（二時間）後のことである。すぐに医者が飛んできたが、検死《けんし》の結果は、

——卒中《そっちゅう》。

だった。

薄暗い部屋の四隅におかれた雪洞《ぼんぼり》が、淡い真紅の明かりを放っている。

緋緞子《ひどんす》の夜具の上で、薄衣《うすぎぬ》をまとった若い女がゆらゆらと体をゆらめかせなが

ら、陶然《とうぜん》とした面持ちで阿片吸引用の長煙管をくゆらせている。

霧のように立ち込める阿片の煙。

淡い真紅の明かり。

薄衣の下に透《す》けて見える女の白い裸身。

この世のものとは思えぬ妖美《ようび》な光景である。

隣室の燭台の下で、その光景をながめながら酒杯をかたむけているのは、棚倉藩江戸家老・菱川監物だった。女は『紅扇楼』から呼び寄せた〝麦飯〟である。

酒に濁った菱川の赤い目が、ぎらつくように女の白い裸身をねめ廻している。

「ふふふ」

好色な笑みを浮かべながら、菱川が背後を振り返った。

「大庭」

「はっ」

襖越しに大庭の声がした。

「ここの警護は無用じゃ。はずしてくれ」

「かしこまりました」

寝間の前の廊下に座り込んでいた大庭典膳がすっと腰をあげ、静かにその場を離れた。廊下の角にも警備の徒目付が座り込んでいる。

「変わりはないか」

「はっ」

大庭は中廊下から渡り廊下に出て、庭に下りた。立木のあいだにちらちらと明かりがよぎる。警備の徒目付が二人、龕灯提灯《がんどうちょうちん》の明かりをかざして見廻りに歩いているのだ。

そこは麻布の中屋敷の裏庭である。

大庭はこの夜から徒目付を増員して、中屋敷の警備に当たらせた。屋敷内に二人、邸内の庭に二人、表に四人、総勢八人の警備陣である。

裏庭から表に廻り、門を出た。

龕灯を持った二人の徒目付が見廻りに歩いている。

「変わった様子はないか」

「は、いまのところは何も――」

「様子の怪しい者を見かけたら、構わず斬り捨てろ」

「承知いたしました」

立ち去る二人を見送って、大庭はふたたび門内に姿を消した。

その様子を向かい側の雑木林の中から、じっと見ている男がいた。仙波直次郎である。

あごの不精《ぶしょう》ひげをぞろりと撫でながら、直次郎は思案の目を闇にすえた。

――やけに警備がきびしいな。

雑木林の茂みに身をひそめてから、かれこれ四半刻（約三十分）ほどたつが、その間、二度ばかり警備の武士が目の前を通りすぎて行った。どうやら屋敷の表は四人の侍が二人一組で見廻っているようだ。

――裏に廻ってみるか。

龕灯の明かりが闇に消えたのを見定めると、直次郎は雑木林の中から飛び出し、背をかがめて屋敷の裏に向かって走った。

闇の奥に白い築地塀《ついじべい》が延々とつづいている。この広大な敷地を、たった二組の武士で見廻ったところで、しょせん気休めにすぎまい。走りながら直次郎はそう思った。

裏門の近くで足をとめた。前方の塀の切れ目に明かりが差した。

――見廻りがくる！

とっさに腰の刀を引き抜いて築地塀に立てかけ、それを足場にして塀をよじ登った。塀の上から下げ緒《お》を引いて刀を吊り上げ、トンと塀の内側に飛び下りる。

すぐさま植え込みの陰に身をひそめて、あたりに視線をめぐらせた。

一穂《いっすい》の明かりもなく、四辺は漆黒の闇に塗り込められている。

大名家の中屋敷は幕府から拝領した屋敷で、建前上、隠居した藩主や妻女、継子などが住まうことになっていたが、実際にはほとんど使われていなかった。中屋敷や下屋敷は、火災で上屋敷が焼失したときの避難所とされていたのである。したがって常住の奉公人もごくわずかだった。菱川監物はそこに目をつけて、麻布の中屋敷を遊興の場として使っていたのである。

植え込みの陰から陰へ、地を這《は》うように体を屈しながら、寝所に向かって走っていた直次郎の足がはたととまった。

突然、闇の奥からするどい光が照射されたのである。龕灯の明かりである。

直次郎は片膝をついて身を沈め、接近する明かりに目をすえた。

二人の武士が龕灯の明かりを照らしながら、こちらに向かって歩いてくる。直次郎の右手が刀の柄《つか》にかかった。二人の武士が二間（約三・六メートル）ほどの距離に迫った。

「おい、植え込みの陰を照らせ」

いきなり直次郎の顔に龕灯の明かりが照射された。その刹那《せつな》、

たっ。

と地を蹴って、直次郎が跳躍した。

「く、曲者《くせもの》！」

仰天して数歩後ずさった二人に、直次郎の抜きつけの一閃が飛んだ。下から一人の首を薙ぎあげ、返す刀でもう一人を袈裟に斬り伏せた。瞬息《しゅんそく》の二人斬りである。

龕灯が音を立てて地面に転がった。そのかたわらに折り重なるように二人の武士が倒れ込んだ。龕灯の火が一瞬にして消え、あたりはふたたび闇に包まれた。

直次郎は寝所に向かって疾駆《しっく》した。

廊下に駆けあがり、奥へ歩を進める。

廊下を曲がりかけたところで、思わず足をとめた。廊下の角に警備の武士が座り込んでいる。直次郎は音を消して刀を引き抜いた。切っ先をそっと廊下の角に突き出す。警備の武士の頭上で刀身がきらりと光った。ぎょっとなって立ち上がったところへ、

ずばっ。

一気に斬り下ろす。首を斬られて武士は声もなく前のめりに倒れ込んだ。その屍《しかばね》を踏み越えて、直次郎は寝所の襖の前に立った。細めに引き開けて中をのぞき込む。

手前の部屋に燭台が一基、かたわらに酒肴の膳部、そのまわりに脱ぎ捨てられた菱川の着物が散乱していた。さらにその奥の部屋に目をやると、雪洞の真紅の明かりの中に妖《あや》しくうごめく二つの影があった。全裸の男と女である。

男は菱川だった。夜具の上に棒立ちになった全裸の若い女の前にひざまずいて、女の股間に顔をうずめている。秘所を吸っているのだろう。淫靡《いんび》な音が聴こえる。

直次郎はふところから手拭《てぬぐ》いを取り出して、頰《ほお》かぶりをした。女に顔を見られないためである。静かに襖を引き開けて、部屋の中に足を踏み入れた。

菱川は背を向けている。夜具の上に立ちはだかったまま、女が直次郎に目を向けた。おどろく様子もなく、トロンとした目で見ている。

奥の部屋に向かってずかずかと歩を進めた。菱川はまだ気づいていない。

「菱川」

と声をかけた。ぎょっとなって菱川が振り向いた。

「あんたは悪い野郎だ」

「お、おのれ、曲者！」

「死ね！」

叩きつけるように刀を振り下ろした。菱川の裸の胸に斜めに裂け目が走った。肉がめくれ、断ち切られた肋骨《あばらぼね》が裂け目から飛び出した。音を立てて血が噴出し、緋緞子の夜具の上に滝のように降り落ちた。

股間をさらけ出したまま、菱川は夜具の上に仰向けに倒れた。血まみれで倒れている菱川を、全裸の女がふしぎそうな顔で見下ろしている。

「一言だけいわせてもらうが――」

直次郎がぼそりといった。女がけげんそうに顔を向けた。

「体によくねえ。阿片はやめろ」

そういうと、ビュッと血ぶりをして刀を鞘におさめ、背を返して部屋を出て行った。

廊下の角を曲がったとき、小走りにやってきた大庭とばったり出くわした。

「な、何者！」

叫ぶなり、大庭が抜きざまに斬りかかってきた。間一髪、上体をそらして切っ先をかわし、直次郎も抜刀して下段に構えた。

「貴様、本多の手の者か！」

「いや、闇の殺し人だ」

「お、おのれ！」

猛然と斬りかかってきた。直次郎は横にかわして刀をはねあげ、手首を返して大庭の喉元にぴたりと切っ先を突きつけた。

「西崎を斬ったのは、おめえたちだな」

「貴様、なぜ西崎を？」

「女房の恩人なんだ。西崎の供養《くよう》をさせてもらうぜ」

いうなり刀を横に引いた。ぶちっと音を立てて首すじの血管《ちくだ》が切れた。おびただしい血が噴き出す。大庭は顔を引きつらせ口をパクパク動かしている。喉の裂け目から声が洩れて言葉にならない。全身を激しく痙攣させながら、頽《くずお》れていった。

「手間をかけさせやがって。これで三両じゃ間尺《ましやく》に合わねえな」

ぼやきながら、直次郎は大股《おおまた》に立ち去った。

注・本作品は、平成十六年一月、小社から文庫判で刊行された、
『必殺闇同心　隠密狩り』の新装版です。

必殺闇同心　隠密狩り

一〇〇字書評

切り取り線

購買動機（新聞、雑誌名を記入するか、あるいは○をつけてください）	
□（　　　　　　　　　　　　　　）の広告を見て	
□（　　　　　　　　　　　　　　）の書評を見て	
□ 知人のすすめで	□ タイトルに惹かれて
□ カバーが良かったから	□ 内容が面白そうだから
□ 好きな作家だから	□ 好きな分野の本だから

・最近、最も感銘を受けた作品名をお書き下さい

・あなたのお好きな作家名をお書き下さい

・その他、ご要望がありましたらお書き下さい

住所	〒				
氏名		職業		年齢	
Eメール	※携帯には配信できません	新刊情報等のメール配信を 希望する・しない			

この本の感想を、編集部までお寄せいただけたらありがたく存じます。今後の企画の参考にさせていただきます。Eメールでも結構です。

いただいた「一〇〇字書評」は、新聞・雑誌等に紹介させていただくことがあります。その場合はお礼として特製図書カードを差し上げます。

前ページの原稿用紙に書評をお書きの上、切り取り、左記までお送り下さい。宛先の住所は不要です。

なお、ご記入いただいたお名前、ご住所等は、書評紹介の事前了解、謝礼のお届けのためだけに利用し、そのほかの目的のために利用することはありません。

〒一〇一―八七〇一
祥伝社文庫編集長　坂口芳和
電話　〇三（三二六五）二〇八〇

祥伝社ホームページの「ブックレビュー」からも、書き込めます。

www.shodensha.co.jp/bookreview

祥伝社文庫

必殺闇同心《ひっさつやみどうしん》　隠密《おんみつ》狩《が》り　新装版《しんそうばん》

令和 2 年 6 月 20 日　初版第 1 刷発行

著　者　黒崎裕一郎《くろさきゆういちろう》

発行者　辻　浩明

発行所　祥伝社《しょうでんしゃ》

東京都千代田区神田神保町 3-3
〒 101-8701
電話　03（3265）2081（販売部）
電話　03（3265）2080（編集部）
電話　03（3265）3622（業務部）
www.shodensha.co.jp

印刷所　堀内印刷
製本所　ナショナル製本
カバーフォーマットデザイン　中原達治

本書の無断複写は著作権法上での例外を除き禁じられています。また、代行業者など購入者以外の第三者による電子データ化及び電子書籍化は、たとえ個人や家庭内での利用でも著作権法違反です。
造本には十分注意しておりますが、万一、落丁・乱丁などの不良品がありましたら、「業務部」あてにお送り下さい。送料小社負担にてお取り替えいたします。ただし、古書店で購入されたものについてはお取り替え出来ません。

Printed in Japan ©2020, Yūichirō Kurosaki ISBN978-4-396-34641-6 C0193

〈祥伝社文庫　今月の新刊〉

梓林太郎
博多　那珂川《なかがわ》殺人事件
旅行作家・茶屋次郎の事件簿
病床から消えた元警官。揉み消された過去が明らかになったとき、現役警官の死体が！

西村京太郎
十津川警部シリーズ　**古都千年の殺人**
京都市長に届いた景観改善要求の脅迫状――。十津川警部が無差別爆破予告犯を追う！

森　詠
ソトゴト　謀殺同盟
公安の作業班が襲撃され、一名が拉致される。七十二時間以内の救出命令が、猪狩に下る。

小杉健治
偽証《ぎしょう》
誰かを想うとき、人は嘘をつく――。静かな筆致で人の情を描く、傑作ミステリー集。

小路幸也
マイ・ディア・ポリスマン
〈東楽観寺前交番〉、本日も異常あり？　凄ワザ自慢の住人たちの、ハートフルミステリー。

三好昌子
むじな屋語蔵《かたりぐら》　**世迷《よまよ》い蝶次**
〝秘密〟を預かる奇妙な商いには、驚きと喜びが。重荷を抱えて生きる人に寄り添う物語。

黒崎裕一郎
必殺闇同心　隠密狩り　新装版
阿片はびこる江戸の町で高笑いする黒幕に、〈闇の殺し人〉直次郎の撃滅の刃が迫る！

稲田和浩
豪傑　岩見重太郎
決して諦めない男、推参！　七人対三千人の仇討ち！　講談のスーパーヒーロー登場！

岩室　忍
信長の軍師外伝　**家康の黄金**
家康に九千万両を抱かせた男、大久保長安。江戸幕府の土台を築いた男の激動の生涯とは？